西白虎 · 一

낭송 흥보전

낭송Q시리즈 서백호 01
낭송 흥보전

발행일 초판1쇄 2015년 2월 4일(乙未年 戊寅月 辛亥日 立春) | **풀어 읽은이** 구윤숙 |
펴낸곳 북드라망 | **펴낸이** 김현경 | **주소** 서울시 중구 청파로 464 101-2206(중림동,
브라운스톤서울) | **전화** 02-739-9918 | **이메일** bookdramang@gmail.com

ISBN 978-89-97969-53-1 04810 978-89-97969-37-1 (세트) | 이 도서의 국립중
앙도서관 출판시도서목록(CIP)은 서지정보유통지원시스템 홈페이지(http://seoji.
nl.go.kr)와 국가자료공동목록시스템(http://www.nl.go.kr/kolisnet)에서 이용하
실 수 있습니다.(CIP제어번호: CIP2015001987) | 이 책은 저작권자와 북드라망의
독점계약에 의해 출간되었으므로 무단전재와 무단복제를 금합니다. 잘못 만들어진
책은 서점에서 바꿔 드립니다.

책으로 여는 지혜의 인드라망, 북드라망 **www.bookdramang.com**

낭송
Q
시리즈

서백호
01

낭송
흥보전

구윤숙
풀어
읽음

고미숙
기획

티

▶낭송Q시리즈 『낭송 홍보전』 사용설명서◀

1. '낭송Q'시리즈의 '낭송Q'는 '낭송의 달인 호모 큐라스'의 약자입니다. '큐라스'(curas)는 '케어'(care)의 어원인 라틴어로 배려, 보살핌, 관리, 집필, 치유 등의 뜻이 있습니다. '호모 큐라스'는 고전평론가 고미숙이 만든 조어로, 자기배려를 하는 사람, 즉 자신의 욕망과 호흡의 불균형을 조절하는 능력을 지닌 사람을 뜻하며, 낭송의 달인이 호모 큐라스인 까닭은 고전을 낭송함으로써 내 몸과 우주가 감응하게 하는 것이야말로 최고의 양생법이자, 자기배려이기 때문입니다(낭송의 인문학적 배경에 대해 더 궁금하신 분들은 고미숙이 쓴 『낭송의 달인 호모 큐라스』를 참고해 주십시오).

2. 낭송Q시리즈는 '낭송'을 위한 책입니다. 따라서 이 책은 꼭 소리 내어 읽어 주시고, 나아가 짧은 구절이라도 암송해 보실 때 더욱 빛을 발합니다. 머리와 입이 하나가 되어 책이 없어도 내 몸 안에서 소리가 흘러나오는 것, 그것이 바로 낭송입니다. 이를 위해 낭송Q시리즈의 책들은 모두 수십 개의 짧은 장들로 이루어져 있습니다. 암송에 도전해 볼 수 있는 분량들로 나누어 각 고전의 맛을 머리로, 몸으로 느낄 수 있도록 각 책의 '풀어 읽은이'들이 고심했습니다.

3. 낭송Q시리즈 아래로는 동청룡, 남주작, 서백호, 북현무라는 작은 묶음이 있습니다. 이 이름들은 동양 별자리 28수(宿)에서 빌려 온 것으로 각각 사계절과 음양오행의 기운을 품은 고전들을 배치했습니다. 또 각 별자리의 서두에는 판소리계 소설을, 마무리에는 『동의보감』을 네 편으로 나누어 하나씩 넣었고, 그 사이에는 유교와 불교의 경전, 그리고 동아시아 최고의 명문장들을 배열했습니다. 낭송Q시리즈를 통해 우리 안의 사계를 일깨우고, 유(儒)·불(佛)·도(道) 삼교회통의 비전을 구현하고자 한 까닭입니다. 아래의 설명을 참조하셔서 먼저 낭송해 볼 고전을 골라 보시기 바랍니다.

▷ 동청룡: 『낭송 춘향전』, 『낭송 논어/맹자』, 『낭송 아함경』, 『낭송 열자』, 『낭송 열하일기』, 『낭송 전습록』, 『낭송 동의보감 내경편』으로 구성되어 있습니다. 동쪽은 오행상으로 목(木)의 기운에 해당하며, 목은 색으로는 푸른색, 계절상으로는 봄에 해당합니다. 하여 푸른 봄, 청춘(靑春)의 기운이

가득한 작품들을 선별했습니다. 또한 목은 새로운 시작을 의미하기도 합니다. 청춘의 열정으로 새로운 비전을 탐구하고 싶다면 동청룡의 고전과 만나 보세요.

▷ 남주작 : 「낭송 변강쇠가/적벽가」, 「낭송 금강경 외」, 「낭송 삼국지」, 「낭송 장자」, 「낭송 주자어류」, 「낭송 홍루몽」, 「낭송 동의보감 외형편」으로 구성되어 있습니다. 남쪽은 오행상 화(火)의 기운에 속합니다. 화는 색으로는 붉은색, 계절상으로는 여름입니다. 하여, 화기의 특징은 발산력과 표현력입니다. 자신감이 부족해지거나 자꾸 움츠러들 때 남주작의 고전들을 큰소리로 낭송해 보세요.

▷ 서백호 : 「낭송 흥보전」, 「낭송 서유기」, 「낭송 선어록」, 「낭송 손자병법/오자병법」, 「낭송 이옥」, 「낭송 한비자」, 「낭송 동의보감 잡병편 (1)」로 구성되어 있습니다. 서쪽은 오행상 금(金)의 기운에 속합니다. 금은 색으로는 흰색, 계절상으로는 가을입니다. 가을은 심판의 계절. 열매를 맺기 위해 불필요한 것들을 모두 떨궈 내는 기운이 가득한 때입니다. 그러니 생활이 늘 산만하고 분주한 분들에게 제격입니다. 서백호 고전들의 울림이 냉철한 결단력을 만들어 줄 테니까요.

▷ 북현무 : 「낭송 토끼전/심청전」, 「낭송 노자」, 「낭송 대승기신론」, 「낭송 동의수세보원」, 「낭송 사기열전」, 「낭송 18세기 소품문」, 「낭송 동의보감 잡병편 (2)」로 구성되어 있습니다. 북쪽은 오행상 수(水)의 기운에 속합니다. 수는 색으로는 검은색, 계절상으로는 겨울입니다. 수는 우리 몸에서 신장의 기운과 통합니다. 신장이 튼튼하면 청력이 좋고 유머감각이 탁월합니다. 하여 수는 지혜와 상상력, 예지력과도 연결됩니다. 물처럼 '유동하는 지성'을 갖추고 싶다면 북현무의 고전들과 함께해야 합니다.

4. 이 책 「낭송 흥보전」은 신재효 본 「박타령」(성두본 A)을 기본으로 하되 여러 창본에서 몇몇 장면을 더하여 엮은 편역본입니다.

차 례

『홍보전』은 어떤 책인가 : 홍보전, 인생역전의 드라마 08

1. 가난, 가난, 가난이야 19

1-1. 놀보의 심술타령 20
1-2. 홍보네 쫓겨나다 25
1-3. 추석날 되었어도 조상 차례 못 올리네 29
1-4. 홍보네 가난타령 32
1-5. 홍보, 놀보집을 찾아가다 35
1-6. 홍보, 홍보, 기억하지 못하겠다 39
1-7. 어메 밥, 어메 밥 43
1-8. 홍보의 품팔이 48
1-9. 홍보가 매품도 못 파는구나 53
1-10. 차라리 자결하여 이런 꼴을 안 보려네 58
1-11. 명당자리 얻기 61

2. 홍보의 박타령 65

2-1. 제비는 가난하다 저버리지 않는구나 66
2-2. 제비 노정기 70
2-3. 보은포(報恩匏) 75
2-4. 슬근슬근 톱질이야 79
2-5. 신선 동자가 선약 들고 찾아왔구나 84
2-6. 이 궤 속에 쌀 또 있소 87
2-7. 돈 봐라, 돈 봐라, 얼씨구나 돈 봐라 91

2-8. 비단타령 94

2-9. 살림살이타령 98

2-10. 언제 그 옷을 다 짓겠나, 우선 둘둘 감아보세 101

2-11. 박에서 양귀비가 나오다 105

2-12. 놀보가 흥보를 찾아오다 110

2-13. 놀보가 주안상을 받더니 115

2-14. 제 복이 아니면 할 수 없는 것이었다 120

3. 놀보의 박타령 123

3-1. 놀보의 제비타령 124

3-2. 보구풍(報仇風), 원수 갚는 바람 128

3-3. 놀보의 박타령—황금집을 지어볼까 133

3-4. 놀보 이놈, 강남 가서 종살이를 하려무나 136

3-5. 능천낭(凌天囊), 하늘을 능멸하면 재산을 뺏는 주머니 140

3-6. 두번째 박타령—돈 많으면 불인해도 내사 좋소 145

3-7. 빌려간 나랏돈을 내놓아라 148

3-8. 세번째 박타령
      —양반 나와 바로 결박, 걸인 나와 모두 쪽박 152

3-9. 잘 논다, 네 이름은 무엇이냐 155

3-10. 네번째 박타령
      —세간을 다 빼앗기니 온 집안이 아주 허통 159

3-11. 다섯번째 박타령
      —무엇이 나오든지 기어이 타볼 테다 164

3-12. 여섯번째 통—놀보놈 잡아들여라 169

3-13. 도원결의 장비 덕에 놀보도 감화하는구나 172

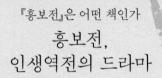

『흥보전』은 어떤 책인가

흥보전,
인생역전의 드라마

동화책을 넘어라!

"왜 맨날 형만 나빠! 형이 더 착한데."

두 살 어린 남동생을 둔 일곱 살 난 조카가 동화책을 보고 분을 냈다. 나쁜 형 놀보와 착한 동생 흥보의 이야기는 이렇게 어린이들까지 다 알지만, 어린아이도 이해시킬 수 없다. 그저 권선징악, 형제 우애를 말하는 편집된 교훈집으로 남았기 때문이다. 그러나 익히 알고 있듯이 『흥보전』은 조선 민중들의 마음을 들었다 놨다 했던 판소리 중 하나이다. 그들은 왜 그토록 이 이야기를 즐겼던가.

조카의 말마따나 말이 안 되는데, 재밌기 때문이다. 그리고 그런 설정이 이치상 맞기 때문이다. 모두 다 그렇다고 말할 순 없지만 사랑은 내리사랑이다. 주변에서 보면 태어날 때부터 형과 부모의 애정을 다투는 둘째들이 약고 현실감 있다. 그러나 『흥보전』은 그 설정을 바꿔 놓았다. 그런데 그것이 인생역전의 드라마라는 흥보의 스토리에 더 어울린다. 구성이 탄탄하니 말이 안 돼도 흡입력이 있는 건 당연하다.

『흥보전』에는 사람들의 욕망을 자극하는 화려함

이 있다. 막장 드라마도 이런 막장이 없고, 성공 판타지도 이런 판타지가 없으며, 화려한 소품으로 보자면 '청담동 며느리'와 재벌 '상속자들'이 안 부러울 정도. 놀보의 심술은 한 사람이 다 하기엔 불가능할 정도로 스펙터클하고, 흥보의 성공신화는 그 유래를 찾을 수 없으며, 흥보의 박에서 나온 온갖 기물들은 각 지역 최고의 특산물과 중국 직수입 명품들이다. 흥보의 박은 조선 말 가난한 백성들의 로망이었다.

그런데 흥보는 그것을 너무도 힘겹게 얻었다. 당신이 무엇을 생각하든 흥보의 상황은 더 끔찍했다. 흥보가 그저 착해서 복을 받았다고 말해 버리면 듣는 흥보가 섭섭하리라. 그건 읽어 봐야 안다.

흥보가 겪은 고생을 듣고 함께 울 수 없다면, 그의 대박을 함께 기뻐할 수도 없다. 그렇다면 당연히 흥보의 인생역전, 대박의 원리를 이해하는 것도 불가능하다. 흥보의 어떤 점이 '대박'을 가능하게 했을까? 이 질문에 답을 얻으려면 동화 버전을 벗어나 흥보가 겪은 일들을 우리도 장면 장면 만나 보아야 한다.

조선 말 최고의 대박 스토리

『흥보전』은 조선 최고의 대박 스토리다. 게다가 흥보는 장군도 아니고, 영웅도 아니다. 그는 그야말로 형에게 붙어사는 조선 최고의 '잉여인간'이었다. 하긴 재벌이나 왕은 인생역전도, 대박도 꿈꾸지도 않는다. 대박의 꿈은 '잉여'들의 것이다.

자기 삶이 비루하다고 느낄수록 더욱더 인생역전의 드라마를 원한다. 대학입시, 고시, 사업, 결혼, 복권, 경마, 카지노 등등. 그런데 대박이 나려면 일단 쪽박을 차야 한다. 단순한 한량이어서는 곤란하다.

다들 알듯이 흥보는 부모에게 물려받은 재산과 형 놀보의 패악질 덕분에 장성하여 혼인하고 자식 날 때까지(!) 고생이라는 걸 몰랐다. 조선 최고의 까칠남 놀보를 열받게 하는 게 바로 이것이다. 어릴 적에 놀보는 일을 배우고, 흥보는 글을 배웠다. 그러나 입신출세 하겠다고 전력투구는 고사하고 돈 한 푼 못 벌면서 여기저기 선심을 쓴다.『흥보전』은 그런 흥보에게 단단히 쪽박을 채운다. 흥보가 기가 막혀 "어느 곳으로 가면 산단 말이오"라고 절절히 울 수밖에 없을 정도로. 대박을 위해서라면 어떤 고난이라도 받아들일 수 있겠는가? 『흥보전』을 읽어 보면 선뜻 동의할 수 없으리라.

『흥보전』의 가난을 가장 잘 보여 주는 말이 '삼순구식'三旬九食이다. 정확히 말하면 '삼순구식도 못한다'는 말이다. '삼순구식'이란 30일에 9번 밥을 먹는다는 말로 극심한 가난을 말하는 관용적인 표현이다. 30일에 9번이면, 일주일에 한두 번 밥을 먹는다는 말인데, 흥보는 그것보다 더 못 먹었다. 저만 그런 것도 아니고 처랑 25명의 아들들이 함께 굶었다. 해서 꾸역꾸역 놀보에게 갔다가 매만 맞고 쫓겨 온다. 그런데 가장 끔찍한 그 순간에 첫번째 대박 사건이 터진다. 흥보가 제 힘으로 벌어먹어 보겠다는 각오를 세운 것이다.

흥보는 그야말로 온갖 막일들을 닥치는 대로 한다. 그것도 전국 방방곡곡, 산, 들, 바다를 가리지 않고 일을 찾아 떠돌면서. 비정규직 이주노동자의 삶이 시작된 것이다. 『흥보전』이 민중의 공감을 얻을 수밖에 없었던 이유가 여기에 있다. 조선의 평범한 백성이라면 흥보가 했던 온갖 알바 중에 뭐든 하나는 했으리라. 아니하고 있으리라. 그런데 흥보는 일하는 재주도 없어 번번이 쫓겨난다.

그가 했던 막장 알바가 바로 '매품팔이'다. 흥보는 돈 30냥에 기꺼이 자신의 볼기를 내어 주기로 한다. 지금으로 치면 장기매매쯤 되려나. 그런데 흥보는 그마저도 못하고 돌아온다. 새치기를 당한 것이다! 그렇게 가난과 불운이 겹겹이 포개져 있을 때 나타난 게 그 유명한 제비다.

　아무도 돌아보지 않는 흥보의 집을 제비는 마다 않고 찾아온다. 그리고 여차저차 다친 제비를 흥보가 치료해 준다. 두번째 대박 사건이 바로 이것이다. 그렇게 끔찍한 상황에서 인간도 아닌 미물의 고통에 공감하는 것. 하도 굶어 눈이 아른아른 할 텐데 제비를 먹을 것으로 보지 않고 고통받는 중생으로 여기는 것. 이 순간 흥보의 마음은 부처의 마음과 같았다. 재벌이 되고 왕이 되어도 가질 수 없는 성인의 공감능력! 이보다 더 큰 보화가 또 있겠나. 박 속에서 나온 보화들은 이 두 가지 깨달음에 따라오는 덤에 불과하다. 그러나 언제나 우리를 유혹하는 건 덤과 경품이다. 흥보가 안빈낙도했다면 아니 될 말씀이다. 마지막 대박도 즐겨 마땅하다.

말과 소리의 향연

홍보가 박타는 대목은 정말 흥겹다. 이렇게 다양한 보석과 기물들이 있었다는 게 신기할 정도다. 그렇게 다양한 기물들에 각기 다른 이름이 붙어 있다는 게 신기하다. 게다가 본디 노래에 맞춘 것이라 리듬이 딱딱 맞는다. 말과 소리의 향연은 소리 내어 읽어 보면 절로 공감이 될 것이다. 『홍보전』을 '박타령'이라 할 만하다. 비단 박타는 대목만 그런 것은 아니다. 어딜 봐도 흥겨운 리듬이 흐른다. 홍보의 처참한 가난타령에도, 놀보의 끔찍한 심술타령에도, 놀보를 향한 제비의 복수극에도 리듬이 흐른다. 그렇다. 판소리엔 리듬이 있다! 이걸 빼고 읽는다면 그야말로 앙꼬 없는 찐빵이다.

리듬이란 본디 각기 다른 선율들을 자연스럽게 하나의 곡으로 엮어 주고, 새로운 반복을 만들어 낸다. 리듬에 실린 가난타령은 슬프지만 웃기고, 심술타령은 끔찍하지만 즐겁고, 심지어 제비의 복수극은 유쾌하다. 비슷한 듯 다른 말들을 즐길 수 있는 것도 바로 이 리듬의 힘이다. 그러한즉, 어찌 소리 내어 읽지 않을 수 있겠는가. 『홍보전』이 갖고 있는 소리의 기운을 느껴 보자!

　이 책은 신재효 본 '박타령'을 기본 뼈대로 삼아 윤문했다. 그러나 신재효 본에는 없는 '매품팔기', '제비 노정기' 등은 다른 판소리 창본에서 가져다가 삽입했다. 이런 과정에서 전체적인 어감을 맞추려고 전라도 판소리 창본에 담긴 구성진 사투리들을 살리지 못한 점이 안타깝다. 21세기에 만들어진 또 하나의 이본인 셈이다.

　어려운 한자어와 옛말은 최대한 알기 쉽게 현대어로 풀었으며, 재밌는 감탄사나 의성어·의태어, 바꿀 수 없는 기물 이름 등은 그대로 살렸다. 최대한 원문의 분위기를 살리고 4·4조 운율에 맞추되 의미가 잘 들어오도록 다듬었다. 나처럼 타고난 목청이 조촐한 사람도 『흥보전』의 소리의 맛을 느낄 수 있길 바라면서.

서늘하고 풍요로운 가을의 기운을 담은 소리

『흥보전』이 담고 있는 기운은 금金기운이다. 왜 금인가? 금이란 물상으로 보면 땅에 묻힌 금속 혹은 보석이다. 그 속성상 땅 속에서 인고의 시간을 보내야 결정을 맺을 수 있고, 세상에 나와서도 불로 달궈지고 연장으로 두들겨지는 세공을 거쳐야 그 가치를 드러낸다. 다듬지 않으면 그냥 돌일 뿐이다. 흥보가 딱 그렇다. 그런데 금에겐 그 시간과 고난을 겪어 낼 힘도 있다. 물론 흥보가 얻게 되는 온갖 금은 보옥들도 엄청난 금기운을 담은 것들이다.

또 금이라는 것은 도끼와 칼이 되니 잘라내는 기운이라 계절로 치면 가을에 배속된다. 가을이면 풀과 나무가 다 제 잎과 열매들을 잘라 내는 걸 생각하면 이해하기 쉽다.

열매들이 풍성하고 날씨까지 좋으니, 가난한 백성에겐 가을보다 좋은 계절이 없다. 그런데 그 기운 변화를 보면 가을은 아주 힘겹게 찾아온다. 여름의 뜨거운 불기운을 누르고 서늘한 금기운이 자리를 잡아야 하기 때문이다. 원래대로라면 불에 녹았어야 하는 금이 그 열기를 버티고 이겨내야 하니 오죽이나 힘이 들겠는가. 그런데 나무에 달린 열매가 떨어져서 다음 생을 시작할 씨가 되려면 그만 한 어려움을 겪어야 한다. 이것을 잘 보여 주는 것이 놀보의 이야기다.

온갖 나쁜 짓은 다하면서 한여름 나무 자라듯 살

림살이가 계속 불어나길 바랐던 게 놀보다. 그 무한한 성장욕망을 끊고 새로운 사람으로 거듭나려면 여섯 개의 박에서 마구 튀어나오는 재앙들을 견뎌야 한다. 흥보가 탔던 박보다 딱 2배 많은 양이다. 그중 다섯은 놀보가 제 욕심 때문에 탔다지만, 여섯번째 박은 놀보가 타지도 않았는데, 제 스스로 열려서 개과천선 안 하면 죽을 수밖에 없는 상황을 만든다. 그때서야 놀보는 제가 살던 방식을 버리고 새사람이 되어 이전과는 전혀 다른 풍요를 경험한다.

고난 속에서 더욱 빛을 더하는 야무진 금의 기운, 서늘하고 풍요로운 가을의 기운을 얻고 싶다면 『흥보전』을 읽자! 그것도 크게 소리 내어 그 리듬의 힘까지 받아 보자. 흥보 같은 인생역전은 물론이요, 놀보 같은 변신도 거뜬히 해내리라. 하, 좋구나! 얼씨구 절씨구, 지화자 좋구나!

낭송Q시리즈 서백호
낭송 흥보전

1부
가난, 가난, 가난이야

1-1.
놀보의 심술타령

조선은 군자의 나라요, 예의의 땅이라. 작은 고을에
도 충신이 있고 어린아이도 효도하니 어디 불량한 사
람이 있겠는가. 그러나 요임금 시절에도 사나운 도적
들이 있었고, 순임금 시절에도 네 사람의 악인이 있
었으니, 이 같은 일을 어찌할 수 있겠느냐.

충청, 전라, 경상 삼도 언저리에 박가 형제가 살았으
니, 놀보는 형이요, 흥보는 아우라. 같은 부모에게 났
으나 됨됨이가 달랐구나. 망아지와 송아지만큼이나
달랐구나. 사람마다 뱃속에 오장육부五臟六腑가 있으
되, 놀보는 오장칠부라. 못된 심술부 하나가 주머니
를 찬 듯 왼쪽 흥부 밑에 떡하니 붙어 있어 밖에서도
눈에 띄는구나. 생각지 않아도 심술이 쉬지 않고 나
오는데 딱 이렇게 나오는 것이었다.

귀한 땅의 나무 베고,

불길한 날 집을 짓고,

불길한 곳 이사 권키.

삼재 든 데 중매 서고,

마을 뒷산 몰래 팔고,

남의 선산에 투장偸葬: 남의 산이나 묏자리에 몰래 자기 집안의
묘를 쓰는 일하기,

길 가는 과객 양반 재워줄 듯 붙잡다가 해가 지면
쫓아내기,

가을 되면 세경 준다 일 년 내내 부려먹고 추수하
면 쫓아내기.

역병 든 데 부정 타게 길 가에서 개를 잡고,

초상집서 노래하고,

남의 노적에 불 지르고,

가뭄 농사에 물 빼내고,

불붙은 데 부채질,

다된 혼사 훼방 놓고,

한밤중 장례식에 헛되이 소리치기.

사소한 씨앗 싸움 살벌하게 부풀리기,

길 가운데 구덩이 파기.

외상 술값 떼어먹기,

떠는 다리 걸어차기,

장님 옷에 똥칠하기,

배 앓는 놈 살구 주고, 잠자는 놈 뜸질하기,

뛰는 놈 다리 걸고, 곱사등이 젖혀 놓기,

덜 자란 호박 넝쿨 끊고, 익는 곡식 이삭 떼기,

술 먹으면 쌍욕하고, 장 끝날 때 억지 쓰기,

좋은 망건 편자 끊고, 새 갓 보면 갓끈 떼기,

양반 머리 관을 찢고, 동냥아치 자루 찢기,

상주喪主 잡고 춤추기와 여승 보면 겁탈하기,

새 봉분에 불 지르고 첫 제사상 걷어차기,

애 밴 여인 배를 차고, 우는 아이 똥 먹이기,

먼 길 가는 나그네의 돈주머니 도둑질,

급히 가는 군軍 전령을 붙들고서 실랑이질,

관아의 연락서신 스리슬쩍 훔쳐 내고,

군영 병졸 깃발 뺏기,

지관地官 보면 나침반 뺏고, 의원 보면 침 도둑질,

물동이를 머리에 인 계집아이 입 맞추기,

상여 멘 놈 볼기 차기,

만만한 놈 뺨치기와 고생한 놈 험담하기,

채소밭에 물똥 싸고, 수박밭에 서리하기,

목공장이 대패 뺏고, 초라니패 떨잠* 훔치기,

옹기 지게 받쳐 놓은 작대기 걷어차기.

장독간에 돌 던지기,

돈 훔쳐서 벌금 내고,

자잘한 도적들의 잔돈푼 얻어먹기,

다담상다과상에 흙 던지기,

이장移葬할 때 뼈 감추기,

어린애의 불알을 말총으로 잡아매고,

약한 노인 엎어 놓고 마른 항문에 생짜로 하기,

제삿술에 개똥 넣고, 약술 병에 비상 넣기,

곡식밭에 소와 말을 들입다 몰아넣기,

아버지뻘 어른에게 무턱대고 야자하기,

귀머거리에게 욕을 하고 소리판에서 잔말하기.

날이 새면 행악질, 밤이 들면 도둑질을 평생 동안 일삼으니, 제 어미와 붙을 놈이 삼강三綱을 알겠느냐 오륜五輪을 알겠느냐. 굳기가 돌덩이요, 욕심이 족제비로다. 날카로운 나뭇가지로 이마를 문질러도 진물 한 점 아니 나고, 대장장이 불집게로 불알을 꽉 집어도 눈도 깜짝 아니한다.

동생 흥보 마음씨는 형 놀보와 아주 달랐구나. 부모에게 효도하고, 웃어른을 존경하며, 이웃 간에 화목

* 초라니패는 가면을 쓰고 노는 탈놀음을 주된 공연종목으로 삼은 떠돌이집단이며, 떨잠은 머리꾸미개로 큰머리나 어여머리의 앞 중심과 양옆에 한 개씩 꽂는다. 초라니(초랭이)에게 떨잠은 여자분장을 하기 위한 필수품 중 하나이다.

하고, 친구 간에 신의 있었으니 그 행실이 이러했다.

굶어 죽는 사람 보면 먹던 밥도 덜어 주고,
얼어 죽는 사람 보면 입던 옷도 벗어 주기.
늙은 노인 짊어진 짐 자청하여 져다 주고,
장마 때면 큰 개울을 삯 안 받고 건네주기.
남의 집에 불이 나면 살림살이 지켜 주고,
길에 흘린 보물 보면 지켜 섰다 주인 주기.
청산에서 백골 보면 깊이 파서 묻어 주며,
수절과부 보쌈하면 쫓아가서 풀어 주기.
어진 사람 모함하면 대신 나서 밝혀 주고,
애잔한 놈 불행 보면 달려가서 구원하기.
길 잃은 어린아이 제 부모를 찾아주고,
주막에서 병든 사람 본가에 기별하기.
경칩부터 경계하여 산 동물은 죽이지 않고,
어린 나무 꺾지 않기.

이렇게 남의 일만 하느라고 돈 한 푼을 못 만지니, 놀
보가 오죽이나 미워하랴.

1-2.
홍보네 쫓겨나다

하루는 놀보가 홍보 불러 하는 말이,

"홍보야, 잘 들어라. 사람이라 하는 것이 믿는 것이 있으면 아무 일도 아니 된다. 너도 이제 장성하여 처자식이 있는 놈이 사람 생애 어려움을 조금도 모르고서, 나 하나만 바라보고 놀면서 입고 먹는 그 꼴 보지 못하겠다. 부모 재산 많다 해도 장손의 것이거늘 하물며 이 재산은 나 혼자 키웠으니, 네 것은 없느니라. 네 처자식 데리고서 어서 멀리 떠나가라. 만일 지체한다면 살인이 날 것이니, 어서 급히 나가거라."

가련한 홍보 신세, 정성껏 비는 말이,

"비나이다, 비나이다. 형님 전에 비나이다. 형제는 한 몸이라 한 조각을 잘라 내면 둘 다 병신 될 것이고, 집 밖에서 떠돌면서 온갖 수모 어이 받나? 동생 신세 고사하고 젊은 아내 어린 자식 뉘 집 가서 의탁하며, 무엇 먹여 살리리까? 당나라의 장공예張公藝는 한 집에서 아홉 세대 함께 모여 살았는데, 아우 하나 있는 것을 나가라고 하십니까? 할미새는 짐승이나 단단하고 향기로운 교우할 줄 알았으며, 산매자는 꽃이지만 깊은 정을 품었는데 형님은 사람인데 이를 어찌 모르시오? 삼강오륜 생각하여 십분 통촉 하옵소서."

놀보가 상투 끝까지 분이 치밀어 올라 이런 야단이 없구나.

"아버님 계실 적에 나는 생판 일만 시키고 작은 아들 사랑스럽다 글공부만 시키더니, 너 매우 유식하다. 당 태종은 성군이나 천하를 다툴 때엔 동생들 다 죽였고, 조조의 큰 아들인 조비曹丕는 영웅이나 아우 재주 시기하여 그 동생을 죽였는데, 나 같은 시골 농부 우애의 정 알겠느냐?"

놀보가 구박하며 문 밖으로 쫓아내니 가련하다 홍보 신세. 입도 뻥끗 못하고서 빈손으로 쫓겨나니 넓디넓은 이 천지에 떠돌이가 되었구나.

불쌍한 홍보댁이 부잣집 며느리로 먼 길 걸어 보았겠나. 어린 자식 업고 안고 울며불며 따라갈 때, 아무리 배고파도 밥 줄 사람 뉘 있으며, 밤이 점점 깊어 간들 잠잘 집이 어디 있나. 저물도록 쫄쫄 굶고, 풀밭에서 자고 나니 죽기밖에 수가 없어 염치 또한 없어지네.
이곳저곳 빌어먹어 한두 달이 지나가니, 발바닥이 단
단하여 부르트는 법이 없고, 낯가죽이 두꺼워서 부끄
러움 하나 없다. 일 년, 이 년 넘어가니 빌어먹는 수가
텄다. 흥보는 읍내 가면 객사에나 활터에나 높은 자
리 찾아 앉고, 마을 밖을 갈 양이면 물방앗간이든지
당산나무 정자든지 머물 곳을 정하고서 어린 것을 옆
에 놓고 긴 담뱃대 불붙인다.

어쩌다 일한다고 솥 수세미 만들거나, 또아리를 엮거
나, 냇가의 방죽에서 낚시질을 앉아 하면 흥보의 마
누라가 어린 것을 등에 붙여 새끼로 꽉 동이고 바가
지엔 밥을 빌고 호박잎엔 반찬 얻어 허위허위 찾아온
다. 염치없는 흥보는 가장 시늉을 한답시고 식솔들이
늦게 왔다 짚었던 지팡이로 매질도 하여 보고, 입에
맞는 반찬 없다 마누라를 타박하며, 물방앗간 불 지
른다 엄포도 놓아 보고, 별별 수를 다 부린다. 하루는
이 식구가 양달 쪽에 늘어앉아 헌옷의 이 잡는데, 흥
보가 하는 말이,

"우리 신세 이리 되어 기왕 빌어먹을 테면 돈과 곡식
많은 데로 가 보는 게 어떠한가. 포구로 찾아가세."
일 원산, 이 강경, 삼 포주, 사 법성리. 부원다리, 부안
갯가, 근방을 다 돌아도 비린내에 속 뒤집혀 아무래

도 살 수 없다. 산속으로 다녀볼까, 우복동, 수인성, 청학동, 백학동, 두류산, 속리산, 순창, 복흥, 태인, 산안. 한다 하는 좋은 데를 다 찾아서 다녀봐도 소금 없어 살 수 없다. 고향 근처 다시 찾아 한 곳에 도착하니 마을 이름 복덕福德이라. 인심이 순후한데 빈집 한 칸 보이거늘 잠시 거처하여 보니 집 모양새 말 아니다.

집 마루에 이슬 오면 천장에선 큰 빗방울, 부엌에서 불을 때면 온 방 안이 굴뚝이요, 흙 떨어진 벽 구멍에 바람은 화살 같고, 틀만 남은 헌 문짝에 짚을 엮어 창호를 하고, 방에 반듯 드러누워 천정을 바라보면 하늘 지도 붙인 듯이 별자리를 세는구나. 일하고 곤한 잠에 기지개를 불끈 켜면 상투는 허물없이 앞 토방에 쑥 나가고, 발목은 어느새에 뒤뜰에 가 놓였구나. 밥하는 일 하도 없어 아궁이의 풀 뽑으면 한 마지기 못자리는 넉넉히 나오는구나.

1-3.
추석날 되었어도 조상 차례 못 올리네

어느덧 팔월하고 보름 되니 가난해도 맘은 들떠 흥보댁이 노래를 하는구나.

팔월이라 보름날은 가배절인데,
각시들의 놀음놀이 추석날이 좋을시고.
마을마다 짚을 엮고 누에 키워 길쌈하는
각시들의 놀음놀이 추석날이 좋을시고.
팔월이라 보름날은 가배절인데,
각시들의 놀음놀이 추석날이 좋을시고.
달아 달아 밝은 달아, 이태백이 놀던 달아.
저기 저기 저 달 속에 계수나무 박혔구나.
금도끼로 찍어 내고, 옥도끼로 다듬어서,
초가삼간 집을 지어, 양친 부모 모셔 보세.

팔월이라 보름날은 가배절인데,

각시들의 놀음놀이 추석날이 좋을시고.

이리 한참 노래하고 춤을 추고 놀 적에, 흥보의 막내 놈이 배가 고파 '앙앙' 하고 서럽게 울어 대니, 흥보댁 이 기가 막혀 아이를 한 번 달래 본다.

자장 자장, 우리 애기. 자장 자장, 잘도 자네.

천태산 할미 졸듯 우리 애기 잘도 자네.

상산사호* 네 노인이 바둑 두다 잠을 자고,

우리 애기 이쁜이는 울음을 울다 잠을 자네.

자장이야 자장이야, 우리 애기 잘도 자네.

그때 흥보 둘째 놈 셋째 놈이 밖에 나가서 보니, 아이 들이 곶감이나 떡이나 뭐든 가지고 다니니,

"애들아, 나 그 떡 좀 다오."

"애, 말뚱아. 떡이 그리 먹고 싶으면, 너 무르팍 꿇고 내 가랑이 밑으로 기어들어 갈라니? 그러면 떡을 많 이 주지."

---

* 상산사호 (商山四皓)는 중국 진시황 때에 난리를 피하여 섬서성(陝西省) 상산 (商山)에 들어가서 숨은 네 사람, 곧 동원공(東園公), 기리계(綺里季), 하황공(夏 黃公), 녹리선생(甪里先生)으로, 수염과 눈썹까지 희어 사호(四皓)라 했다.

흥보의 자식들이 떡 하나 먹을 작정으로 아이들 가랑 밑으로 지나가는구나.

한데, 한 놈 밑을 지나가면 다른 놈이 뒤에 붙고, 그 놈 밑을 지나가면 또 한 놈이 뒤에가 붙어, 이놈 저놈 다 따라와 뒤에 붙고 또 붙으니, 흥보 아들 기가 막혀,

"아이고, 다리야! 아이고, 다리야!"

울고불고 집에 가서,

"아이고, 어머니. 떡 좀 해줘. 다른 동네 아이들은 찰 떡하고 멧떡 가져 우리들을 놀리는데, 우린 무슨 팔 자인고! 아이고, 다리야. 아이고, 다리야."

흥보 마누라가 이 모양을 보더니, 설움이 북받치어 울음을 우는구나.

"가난이야, 가난이야. 원수 같은 가난이야. 삼신의 제 왕님이 이리 복을 정하셨나. 세상에 생겨나서 나쁜 일 한 적 없었는데, 이 고생이 웬일일까? 지금이 어느 땐가? 팔월 추석 되었기에, 다른 동네 사람들은 올벼 잡아 햅쌀밥 짓고, 동산에 가 알밤 줍고, 풋콩 까서 송 편 하고, 어린것들 곱게 입혀 선산 성묘 가는구나. 우 리 팔자 박복허제. 한가위 명절에도 조상 차례 못 올 리니, 이런 팔자 어디 있나."

흥보 내외 붙들고서 울고 울고 또 우는데, 사람의 인 륜으로 볼 수가 없었구나.

1-4.
흥보네 가난타령

그럭저럭 여러 해에 자식은 더럭더럭 풀풀이 생겨나
고, 가난은 바싹바싹 나날이 심해 가니, 여러 식구 굶
주리기 초상집 개 같구나. 견디다 못하여 흥보의 마
누라가 서럽게 울면서 가난타령 하는구나.

　가난이야, 가난이야,
　천년만년 인간사의 온갖 가난 헤아려도
　내보다 심한 가난 천고에 다시 없네.
　둥근 담이 작은 것이 대나무 피리 같고
　여름 볕 못 가리고 겨울바람 못 막으니
　가난으로 유명했던 도연명이 살던 집도 내 집보단
　대궐이네.
　삼십 일에 밥 먹기를 아홉 번 겨우 하니,

모자 하나 가지고서 십 년을 났다 하는

정광문鄭廣文의 가난함은 내게 대면 부자로세.

제나라의 오릉중자於陵仲子 부당한 녹봉 받는

제 형을 떠나서는 굶주림에 지쳤으나

나무에 떨어지는 오얏은 먹었으며,

가난으로 굶주렸던 소중랑蘇中郎도 힘들 적엔 방석

털을 삼켰는데,

굶주림이 오랜 내가 오얏을 어디 보며, 방석이 어

디 있나.

선산 묘를 잘못 썼나,

무덤 자리 다시 잡아 이장을 하려 해도 종손이 말

릴 테요.

귀신의 장난인가,

점이라도 치자 한들 쌀 한 줌이 없었으니 복채를

낼 수 있나.

애고애고, 설운지고.

배고픔이 이러하니 절로 염치 없어지네.

여보시오, 어이 아버지,

형님 댁에 건너가서 돈이든 쌀이든 얻어다가

굶은 자식 살려냅세.

흥보가 걱정하여,

"형님 댁에 건너가서 절절하게 사정하여, 돈이 되나 쌀이 되나 주시면 좋겠지만, 어려운 그 성정에 만일 아니 주시면서 호령만 하오시면 요즘 같은 세상 인심 형님만 박덕하다 소문이 날 것이니, 아니 가는 수가 옳지."

"주시든 안 주시든 처분에 달렸으나 청이라도 하여 보면 한이라도 없을 테지. 할 일은 다 해보고 하늘 뜻을 기다린다 하였으니, 길을 앞에 두고 산으로 가리이까. 되든지 안 되든지 일단 한번 가 보시오."

흥보가 하릴없어 형의 집에 건너갈 때, 의관을 갖추려고 한참 동안 애를 쓴다. 낡고 닳은 헌 갓에는 떨어진 갓끈 대신 노끈을 묶었는데 편자는 좀이 먹고, 앞춤에는 구멍 숭숭. 망건은 닳아 해져 물렛줄로 얽어 쓰고. 깃만 남은 중치막을 열두 도막 이어 붙인 술띠로 졸라매고, 헐고 헌 고의적삼 닳아 뚫린 구멍으로 살점이 울긋불긋. 목만 남은 길목버선 짚대님이 별스럽다. 구멍 난 나막신을 두발에 잘잘 끌고, 꼭 얻어 올 것이라고 의심하지 않는 듯이 큼직한 오쟁이를 평양 가는 사람처럼 어깨 위에 짊어지고 벌벌 떨며 집 떠날 제, 저 혼자 탄식하며 돌연히 말하기를,

"아무리 생각해도 줄 것 같지 않구나. 모진 목숨 아니 죽고 이 고생을 하는구나!"

1-5.
흥보, 놀보집을 찾아가다

흥보가 형님 집의 문 앞에 당도하니, 그 사이 놀보 집의 규모가 더 늘어나 웅장하기 짝이 없다. 삼십여 칸 줄행랑을 일자로 지었는데 한가운데 솟을대문 날아갈 듯 생겼구나. 대문 안에 중문이요, 중문 안에 벽문이라. 건장한 종놈들이 삼삼오오 짝을 지어 쇠털벙거지, 푸른 도포 갖춰 입고 서 있구나.

그 중에 늙은 종이 흥보를 알아보고 깜짝 놀라 절을 하며 손을 잡고 우는구나.

"아이고 서방님, 어디에 계시었고, 이 모양이 웬일이오? 머슴방에 들어앉아 몸이라도 녹이시오."

방으로 들어가서 담뱃불을 붙여 주며,

"서방님 이러할 제, 아씨야 오죽할꼬. 그 새에 아기는 몇 분이나 낳으셨소. 어이하여 이 꼴이오. 서방님이 나가실 제 우리끼리 하던 말이, 군자 같은 그 심덕에 어디 가면 못 살겠나, 어딜 가도 잘 살겠지. 그럴 줄만 알았더니 세상에나 복도 없소."

늙은 종이 혀를 차며 화롯불을 뒤적여서 가까이 놓아 주니, 흥보가 불을 쬐고 눈물을 흘리면서 목 메인 소리로,

"복 없으면 할 수 없네. 아들이 스물다섯, 아씨야 말할 게 있나? 나 차리고 온 의복은 식구들의 옷에 대면 장가드는 옷과 같네. 이 식구 스물일곱 똑 죽게 되었기에 형님께 고하여서 얻어 가자 왔네마는 형님은 안녕하시고 성정 조금 풀리셨나?"

"대감마님 그 앞에서 어떤 병이 얼씬 하며, 귀신이라고 꼼짝할까. 일생 태평 하십니다. 성정을 말하자면 서방님 계실 때보다 곱절이나 더 독하오. 두말할 게 없소이다. 지난번 제사 때에 음식 장만 아니하고 돈을 대신 놓았다가 도로 쏟아내옵는데, 지난 달 대감 제사 놓았던 돈 한 푼이 제사상 밑에 빠져 몇 사람이 죽을 뻔해서, 이번에는 꾀를 내어 낱돈으로 아니 놓고 꿰미 채로 놓았지요."

흥보가 방에 앉아 담배 먹고 불 쬐어서 몸이 조금 녹았다가 이 말을 들어 보니, 등골이 썬득썬득 찬물을 끼얹은 듯, 가슴이 두근두근 쥐덫을 밟은 듯이, 머리

끝이 꼿꼿하여 하늘로 치솟은 듯. 온몸을 벌벌 떨며 종에게 하는 말이,

"형님 전에 가지 말고 바로 가는 수가 옳지? 이럴 줄 알았기에 아예 아니 오겠더니, 아씨에게 못 견디어 부득이 왔네그려."

늙은 종이 하는 말이,

"이 추위에 그 몰골로 예까지 오셨는데 못 얻으면 그 만이지, 무슨 탈이 있으리까. 어서 들어가 보시오."

"형님은 전에 계시던 그 방에 계시는가?"

"아니오, 그 방 옆에 계단처럼 단을 쌓아 화단을 꾸며 놓고, 그 앞의 굽은 길에 방석이 깔렸으니, 그리로 휘 돌아 가 외밀이 쌍창 열고 화류樺榴틀 완자영창卍字映窓 양편 거울 붙인 방에 비슥이 누워 계시오."

"함께 가서 일러 주소."

"아니오, 못 하지요. 이렇게 위태한 일, 만일 아차 하 게 되면 나더러 데려왔다 둘이 다 탈이 나오. 혼자 들 어가 보시오."

홍보가 하릴없어 이를 꽉 아드득 물고, 팔짱을 되게 끼고, 죽을 판 살 판으로 가만가만 걸어가서 초당 앞 에 다다른다. 과연 놀보가 영창문을 반쯤 열고, 검은 모피 두루마기·우단·왜단 무겁다고 양색 홑옷을 차 려입고, 청모관靑茅冠을 비껴쓰고, 부산장인 손을 빌

려 팔년생 대나무를 특별히 길게 깎아 백동白銅과 오
동烏銅으로 이런저런 장식을 단 최고급 담뱃대에 좋
은 담배 피워 물고, 안석에 의지하여 비스듬히 누웠
구나.

홍보가 아주 죽기로 자처하고 툇마루에 올라서서 곡
진히 절을 하고 부들부들 떨면서 사정을 말하는데,

"떠나온 뒤 여러 해를 못 뵈었사온데 그간 안녕하옵
신지."

놀보가 한 손으로 안석을 잡고서는 배 앓는 말馬이 머
리 들 듯 비슥이 들어 본다. 한 어미의 배로 나와, 함
께 커서 장가들고 자식 낳고 함께 살다 쫓아낸 동생
이니, 아무리 오래되고 모습이 변했던들 모를 리가
있겠나만 아주 모르는 체하여,

"뉘신지요?"

홍보는 형이 정말 모르고 묻는 줄 알고 쫓겨났던 해
를 고하여,

"갑술년甲戌年에 나간 홍보요."

1-6.
흥보, 흥보, 기억하지 못하겠다

놀보가 흥보라는 말을 듣고 의심하여 되씹으며,

"흥보, 흥보, 일 년 새경 먼저 받고 모심을 때 도망한 놈? 그놈은 황보렷다. 쟁기질 보냈더니 소 가지고 도망한 놈? 그놈은 숭보렷다. 흥보, 흥보, 암만 해도 기억하지 못하겠다."

생각 있는 사람이면 놀보 수작 이러하니 무슨 일이 되겠느냐, 썩 일어나 나왔으면 아무 탈이 없을 것을, 어리석고 순한 흥보, 형이 정말 모르고서 그런다고 생각하여 자세히 일러주면 무엇을 줄 줄 알고 조목조목 고하는구나.

"한 아버지 한 어머니 친형제로 태어나서 형님 함자는 놀자 보자요, 아우 이름은 흥보라 하오. 정말 그걸 잊으셨소?"

놀보가 생각하니 다시 의뭉을 떨자 한들, 방도가 없었구나. 맞설밖에 수가 없어,

"그래서? 한 부모나 다른 부모나, 친형제나 다른 형제나, 어찌 왔는고?"

원판이 미런키는 홍보 같은 사람 없어, 얻으러 왔단 말은 말끝으로 미루고서, 어지간한 말주변에 놀보 감동시키려고 목소리 섧게 하고, 눈물을 훌쩍이며 고픈 배를 틀어쥐고 애긍히 빌어 본다.

"지난날 형님께서 저희 식구 내보낸 건 미워함이 아니오라, 형님 덕에 놀고먹으면 사람노릇 못하기에, 떨어져서 살림하면 행여나 사람 될까 생각하여 하신 일이니, 그 뜻을 어찌 모르리까?"

놀보가 저를 치켜세우는 말은 장히 좋아하는 사람이라, 그 말에 썩 대답하여,

"아무럼!"

"형님 댁을 떠나올 때, 부부 손목 서로 잡고 언약을 하옵기를 '밤낮없이 놀지 말고 착실히 품을 팔아 돈관이나 모으거든 흰떡 치고 찰떡 치고 닭을 삶아 등에 지고, 찹쌀 청주 진한 술은 병에 담아 손에 들고, 형님 댁에 둘이 가서 형님 부부 잡숫는 것 기어이 보고 오세.'"

놀보가 음식 이야기를 듣더니 침을 삼키며 추임새를

넣으며,

"그렇지!"

"단단 약속하였더니 어찌 그리 복이 없어 밤낮없이 벌려 해도 돈 한 푼을 못 모으고 원치 않는 자식들은 아들이 스물다섯."

놀보가 뒤로 물러나 앉으며 군소리로,

"쳐 죽일 놈, 그 노릇을 해도 밤이면 대고 파니 다른 일 할 틈이 있나. 계집년 생긴 것이 눈이 벌써 음탕하구나."

"식구 수가 이러하니 대책이 어디 있소. 빌어도 많이 먹으니 다시는 빌 데 없고, 굶은 지도 원체 오래니 더 굶으면 죽겠기에, 형님 선에 찾아왔사옵니다. 돈이든 쌀이든 조금만 주신다면, 굶어 죽는 강태공을 살려 낸 밥덩이처럼, 물이 말라 죽어 가는 미꾸라지에게 뿌려 준 한 바가지 물처럼, 스물일곱 죽는 목숨 살려 낼 것이오니 적선을 하옵소서."

홍보가 꿇어앉아 두 손을 비비면서 엎디어 섧게 우니, 놀보가 생각한즉 저 놈의 사는 법이 빌어먹는 형국이니, 달래서는 안 갈 테요, 주어서는 또 올 테니 죽으면 굶어 죽지, 맞아 죽을 생각 없게 하는 수가 옳겠구나. 부잣집 바람벽에 도적을 막으려고 준비해 둔 철퇴·철편·마상도·몽둥이가 오죽 많이 걸렸겠나. 그

중에 단단하고 잡기 편한 몽둥이를 하나 내려 손에 들고 엎드려 우는 흥보 볼기짝을 있는 힘껏 딱 때리며 호령한다.

"하늘이 사람 낼 때 각기 정한 복이 있어, 잘난 놈은 부자 되고 못난 놈은 가난하니, 내가 이리 잘 살기가 네 복을 빼앗았냐? 누구에게 떼를 쓰며, 이 흉년에 전곡錢穀 달라 목이 메어 훌쩍이면 네 잔꾀에 내 속으랴? 조금 지체하다가는 잔뼈 찾지 못할 테니 문밖으로 썩 나가라."

몽둥이를 또 쳐드니, 불쌍한 저 흥보가 제 형 성깔 아는구나. 눈물 씻고 절을 하며,

"과연 잘못하였으니 너무 진노 마옵시고 평안히 계시옵소서. 동생은 가옵니다."

놀보의 마누라가 긴 담뱃대 입에 물고 중문 안에 빗겨 서서 사태를 지켜보다 흥보가 문 나서자 제 서방을 나무란다.

"저런 놈은 단단히 쳐야 다시는 안 올 텐데, 어떻게 때렸기에 멀쩡하게 걸어가네. 계집은 잘 잡더니 동생은 우애하여 사정을 보시었소?"

흥보가 형의 집에 쌀이나 타러 왔다가 몽둥이만 잔뜩 맞고 비틀비틀 걸어간다.

1-7.
어메 밥, 어메 밥

이때에 흥보 아내 여러 날을 굶은 가장 형님 집에 보
내고서 쌀이나 얻어 오면 굶은 자식 먹일 줄로 잔뜩
기대하며 멀리 나와 기다린다. 스물다섯 되는 자식
다른 사람 자식 낳듯 한 배에 하나씩 낳아, 삼사 년마
다 낳았으면 사십이 못다 되어 그리 많이 낳았겠나.
한 해에 한 배씩, 한 배에 두셋씩 대고 낳아 놓았구나.
그래도 아이들은 칠칠일이 지나면 안기도 하여 보고,
백일이 지나면 업기도 하여 보고, 첫돌이 지나면 손
잡고 걸어 보고, 서너 살이 되어서는 옷도 입고 다녔
어야 다리뼈가 단단하고 몸이 활발할 터인데, 이 집
자식 기르는 법은 참으로 요상하다.

덕석^{멍석}을 짤 때 가로로 세 구멍 세로로 열 구멍을 내
는데 첫 구멍은 조그맣고 차차 구멍 크게 한다. 한 배

에 나은 자식은 쌍둥이든 삼둥이든 앉혀 보아 앉으면 첫 구멍에 목을 넣고, 암죽만 떠먹인다. 불쌍한 이것들이 울어도 앉아 울고, 잠을 자도 앉아 자고, 똥오줌이 마려우면 덕석 쓴 채 앉아 누어, 세상에 난 연후에 실오라기 하나라도 몸에 걸쳐 본 일 없네.

한 번도 문턱 밖에 발 디뎌본 일이 없고, 다른 사람 얼굴 보거나 소리 들어본 일이 없고, 앉아서만 큰지라 때 묻은 여윈 낯에 터럭이 거칠거칠. 동지섣달 강아지가 아궁이에 자고난 듯, 덕석 쓴 채 자고 나면 빼빼마른 몸뚱이의 대강이를 엮어 놓은 듯. 못 먹고 앉아 크니 몸이 원체 물렀구나. 큰 놈들 스무 살, 작은 놈들 십칠팔 세, 남의 자식 같으면 농사하네, 나무하네, 한참 벌이 하련마는 원체 늦되어서 부르는 게 어미, 아비. 음식이름 아는 것은 밥밖에 없었구나.

다른 음식 알려 한들 세상에 난 연후에 먹기는 고사하고 보고 들은 게 있어야지. 밥때가 좀 지나면 뭇놈이 제 목청껏, "어메 밥, 어메 밥!" 하는 소리, 비 내릴 때 방죽에 개구리의 소리 같고, 석양 지는 하늘에 매미의 소리 같다. 밥이 들어올 때까지 "어메 밥, 어메밥!" 하는구나.

이날도 흥보댁이 자식 놈들 칭얼대는 '어메 밥' 소리에 정신을 못 차려서, 엄동설한 벗은 발에 두 손 불며 마을 어귀 나서 보니 흥보가 막 보이는데, 진 것도 없고 멘 것도 없이 빈손만 흔들흔들, 비틀비틀 걸어온다. 오는 거동 보아 하니, 조창(漕倉)배의 격졸로서 세금으로 걷은 곡식 일천 석을 싣고 오다 풍랑으로 다 잃고서 관아에 끌려가서 매를 맞고 삼 년이나 옥살이로 고생 겪고 오는 모양. 마부가 관아 일로 다섯 마리 말에다가 선물할 짐 가득 싣고 전하러 가던 길에 백 냥짜리 말 죽이고 주막마다 빌어먹고 채찍만 들고 오는 모양. 그 모양새 말 아니어 흥보댁이 깜짝 놀라 손목을 잡으면서,

"어찌 그리 지체하고, 어찌 그리 심난한가. 오죽이나 시장하며, 오죽이나 춥겠는가."

흥보댁이 살펴보니, 쑥 들어간 두 눈가에 눈물이 그렁그렁. 간신히 살 가린 바지 뒤폭 툭 터져서 비쩍 고른 볼기짝에 몽둥이 맞은 자리 구렁이 휘감긴 듯. 흥보 아내 크게 놀라,

"애겨, 이게 웬일인가. 저 몹쓸 독한 사람, 굶은 사람을 쳤네그려."

가슴을 탕탕 치고, 동동 쿵쿵 발 구르니 흥보가 달래면서,

"자네 그게 웬 소린가. 형님 댁에 건너가니 형님 몹시 반기시고, 좋은 술 더운밥을 착실히 먹인 후에 쌀 닷

말, 돈 석 냥을 썩 내어 주시기에, 쌀 속에 돈을 넣어 오쟁이에 묶어지고 땀 흘리며 오느라니, 저 너머 골짜기에 험상궂은 두 사람이 몽둥이를 손에 쥐고 솔밭에서 왈칵 나와 볼기짝을 때리면서, '이놈, 다 내놓아라. 목숨이 중하냐, 재물이 중하냐.' 한 번 호통에 정신 놓아, 졌던 것을 벗어 주고 겨우 살아오느라고, 서러워서 울었으니 형님은 원망 마소."

그 말 들은 흥보댁이 털끝만치 아니 믿고 손뼉을 딱딱 치며,

이래도 내사 알고 저래도 내사 아네.

몹쓸래라, 몹쓸래라. 아주버니 몹쓸래라.

동생 모습 대강 보면 겨울 논의 억새 같고,

의복을 보자 하면 속 보이는 망태 같고,

얼굴은 누렇게 떠 색칠을 한 듯하니,

금방 죽을 처지임을 딱 보면 알 터인데,

구완하기 고사하고 저리 몹시 때렸으니, 사람이 할 일인가.

애고 애고, 설운지고.

옛사람은 구름 보면 아우가 생각나서 한탄을 한다는데,

우리 집의 형님께선 어찌 그리 독하신가.

원망한들 쓸데없네. 모두 다 내 죄로세.

나라가 어려우면 충신을 생각하고

집안이 가난하면 어진 아내 생각하네.

설마 내가 전력해도 못 먹이고 못 입힐까.

짐승은 미물이나 입으로 밥 물어 자식을 먹여 주며

추우면 날개 벌려 자식을 덮는 것을.

사람으로 태어나 어찌 이 많은 자식들을 굶기고 벗기는고.

밭이나 매어 볼까, 물이나 길어 볼까.

직녀성에 기도하여 바느질 품 팔아 볼까.

술장수를 하여 볼까.

흥보가 깜짝 놀라,

"자네, 그게 웬 소린가. 죽었으면 그저 죽지 자네 시켜 술 팔겠나. 집안 살림 돌보는 게 가장의 소임이니 내가 나가 품 팔겠네. 자네는 집안에서 자식들 잘 길러 내소."

1-8.
흥보의 품팔이

흥보가 품을 팔 제,

부지런히 서둘러서 이 밭 저 밭 김매기,

이 산 저 산 시초柴草:땔나무로쓰는풀 베기,

장날이면 닷 돈 받고 장 파한 곳 뒷일처리,

반 돈에 십 리 길을 가마 메고 걸어가고,

갓 잡은 조기를 밤새도록 등짐지기,

시급하고 급한 소식 멀리까지 전달하기,

방 뜨는 데 보조하기, 담 쌓는 데 자갈 줍기,

나라의 귀한 산에 제멋대로 만든 논에 물 대주고
모내기하기,

대구 약령 시장까지 약재를 져 나르기,

초상난 집 부고 전하고, 출상할 때 명정銘旌 들기,

관아 빌 때 대리 숙직,

대장간에 풀무 불기,

기생 아씨 연애편지 타관까지 배송하기,

부잣집 어린 신랑 장가들 때 기러기 들어 주기,

들병장수 술짐지기,

초라니 판에 나무 놓기.

아무리 벌어도 시골서는 할 수 없다. 서울로 올라가서 개고기에 술을 파는 군치리집 종살이할 제, 술 거르는 가마 깨고 뺨을 맞고 쫓겨 왔네. 터덕터덕 오는 길에 병영兵營의 호방 만나 한풀이를 하였더니, 호방이 하는 말이,

"여보, 박생원. 병영 가서 품이나 하나 파시겠소?"

"아아, 돈 생기면 품이야 팔고말고."

"다름이 아니오라, 이 고을 좌수께서 병영에 죄를 지어 곤장을 맞게 됐소. 대신 곤장 맞아 주면, 매 품값은 서른 냥이오. 오며 가는 거마비로 돈 닷 냥을 먼저 주제. 그 품이 어떠하오?"

홍보가 좋아라고,

"그 품 내가 팔으리다."

동원으로 따라가니 저 아전 거동 보소. 궤문을 철컥 열고 돈 닷 냥을 내어 주니, 홍보가 받아 들고,

"내 잠시 집에 다녀오리다."

홍보가 좋아라고, 관청 앞으로 썩 나서며,

"얼씨구나 좋구나. 지화자 좋구나. 얼씨구나 절씨구나. 어절씨구 좋구나. 한 걸음 오고 가면 서른닷 냥 들어간다. 우리 집을 어서 가자."

저희 집 문전을 당도하여,

"여보게, 마누라! 가장이 어디 갔다 집안에 들어오면, 우루루루 쫓아 나와 영접해야 도리인데, 좌이부동坐而不動: 한곳에 꼼짝도 안 하고 그대로 앉아 있음이 웬일인가? 에라, 이 몹쓸 사람."

홍보댁이 나오면서,

"아이고 여보, 영감. 오신 줄 내 몰랐소. 그건 내사 잘못이오. 이리 오시오. 이리 와요."

홍보가 좋아라고,

"여보게 마누라! 이 돈 근본 자네 아나? 돈 근본을 자네 알어? 돈에 살고 돈에 죽고, 생사 문제 여기 있제. 부귀, 명성, 높은 지위, 모두 돈에 붙어 있제. 맹상군 수레바퀴처럼 동글동글 잘생긴 돈, 가다 오다 굴러온 돈, 이리저리 생긴 돈. 어디를 갔다가 이제 오는가, 얼씨구나 절씨고."

홍보 마누라도 좋아라고,

"어디 돈, 어디 돈? 돈 봅시다. 돈 보아. 돈이라니 웬 돈이오? 일수 돈을 얻어 왔소? 월수 돈을 얻어 왔소? 돈이라니 웬 말이오?"

"아니로세, 아니로세. 우리 재수 대통허여 횡재 돈이 생기었네."

"횡재라니 웬 말이오? 하늘에서 떨어졌소, 땅에서 솟아났소? 그것도 아니거든 무슨 횡재 생기었소? 길에서 주웠다면 군자 도리 어긋나오. 주운 데다 갖다 놓으소. 주운 당신 좋다마는 잃어버린 사람 마음 얼마나 짠하겠소."

"옳소, 그렇제. 대처 우리 마누라가 말을 하면 언제든지 똑 옳은 말만 하지. 한데 그게 아니라네. 내 말 좀 들어보오. 이 돈으로 말하자면 다른 돈이 아니라오. 이 고을 좌수께서 무슨 죄를 지었다나? 그분 대신 곤장 맞으면 돈 서른 냥 삯을 주고 거마비도 준다기에, 내가 그 볼기 맞고, 돈 좀 벌어 보려 하오. 그래 이 돈 가져왔소."

홍보 마누라가 이 말 듣더니, 귀한 가장 매품 팔아 산다는 말은 처음이라, 붙들고서 만류하네.

"여보, 영감! 여보, 영감! 매품이라니 웬 말이오? 남의 죄를 어이 알고, 대신 맞는 게 웬 말이오? 옛말을 들어보면, 병영 곤장 한 대면은 종신 골병이 된답디다. 음지가 양지되고, 양지가 음지되오. 하늘은 제 먹을 것 다 주면서 사람 내고, 땅에서 나는 풀도 제 할 일이 있답니다. 하늘이 무너져도 솟아날 방도 있다 하니, 불쌍하신 우리 영감 가지 마소, 가지 마소."

"시끄럽네, 이 사람아. 쓸데없는 볼기인데 매 맞은들 어떠하오. 그런 말 하지 마오. 이 볼기를 어디 쓰겠소. 이놈이 급제하여 초헌 위에 앉아 보며, 팔도 감사 하였으니 선화당에 앉아 보며, 이 고을 좌수 되어 향청 마을 앉아 볼까. 쓸데없는 이 볼기짝, 감영에 올라가서 삼십 대만 맞으면 돈 삼십 냥 생길 터이니, 열 냥은 고기 사서 매 맞은 소복하고, 열 냥은 쌀을 사서 집안 식구 포식하고, 남은 열 냥 가지고는 소를 사서 키워 보세."

1-9.
흥보가 매품도 못 파는구나

이때 흥보 자식 놈들이 저의 어미 울음 듣고 물소리
들은 거위 모양으로 고개를 들고,

"아버지 병영 가십니까?"

"오냐 병영 간다."

"아버지 병영 갔다 오실 때 나 담뱃대 긴 것 하나 사
다 주시오"

"에이 나쁜 놈 같으니라고!"

또 한 놈이 나앉으며,

"아버지 나는 투전 한목만 사다 주시오."

"투전은 뭣하게?"

"아버지 재산 없어 그리 고생하시니 놀음해서 돈 많
이 벌어 오리다."

"에이 나쁜 놈 같으니라고!"

그때 흥보 큰아들이 나앉으며,

"아이고, 아버지!"

"이 자식아, 넌 또 왜 불러?"

"아버지 병영 갔다 오실 때 나 각시 하나 사다 주오!"

"각시는 뭣허게?"

"아버지 재산 없어 날 못 돌보니 데리고 막걸리장사 할라요."

"에이 나쁜 놈 같으니라고!"

흥보가 아침밥을 지어 먹고 병영길을 떠나는데, 허유 허유 올라갈 제, 제 신세가 가련하여 울음을 운다.

"아이고 아이고, 내 신세야. 어떤 사람은 팔자 좋아, 고대광실의 높은 집에 호사가로 잘사는데, 이 내 팔자 박복허여 매품 팔아 먹고사네."

그렁저렁 당도하니, 병영 형세 무섭구나. 위로 들어 쳐다보니 깃발 형용 위엄 있고, 내려서 굽어보니 병졸 기세 삼엄하다. 죄인 잡는 군로들이 깊은 산 맹호 같이 이리 가고 저리 갈 제, 흥보 본디 순한지라 벌벌 떨며 들어간다.

병영 문을 들어가니, 매를 맞는 사람들이 장관을 이루겄다. 흥보가 생각하길,

"저 사람들 먼저 와서 수십 냥을 버는가 보다. 나도 언능 볼기 까고 어디에 엎뎌 볼까."

시커먼 볼기를 문 앞에서 까고 엎뎠을 때, 한 군로가 나오며,

"아니, 박생원 아니시오?"

"알아맞혔구만."

"어찌 오셨소?"

"나도 곤장 맞고 돈 벌려고 왔제."

"어허, 아까 누가 박생원 대신이라고, 곤장 맞고 서른 냥 벌어서는 벌써 갔소."

"아니, 그 사람이 어떻게 생겼든가?"

"그 키가 구 척 되고, 뼈대가 굵직하여 아주 매를 잘 맞습디다."

"아이구, 이게 웬 말이여. 우리 마누라가 나 떠나올 때, 가시오 마시오 울음을 울더니, 뒷집의 꾀수 아비 몰래 듣고 먼저 와서 새치기를 하였구나."

홍보가 한탄하고 돌아서서 나오는구나.

"어이, 평안히 있게. 나는 가네, 나는 가네. 매 맞으러 가는 데도 손재가 붙었으니, 이 지경이 웬일인가. 내 집에서 떠나올 때 자식들이 늘어앉아, 밥 달라고 우는 놈은 떡 사주마 달래 놓고, 떡 사달라 우는 놈은 엿 사주마 달랬는데, 돈이 있어야 말을 허제."

저의 집 문전을 그렁저렁 당도한다. 그때 홍보 마누라는 후원을 정히 쓸고, 정화수를 받쳐 놓고,

"비나이다, 비나이다. 하나님 전 비나이다. 병영 가신 우리 영감 매 한 개도 맞지 말고 무사히 돌아오라 주야축수로 비나이다."

빌기를 다 한 후에 한 곳을 바라보니, 기운 없이 오는 모양 자기 영감 분명하여, 우르르 나가더니,

"아이고. 우리 영감, 어찌 그리 더디 오시오? 매 맞은 데 어데 봐요."

홍보가 화를 내며,

"시끄럽네, 이 사람아! 공연스레 새벽녘에 고양이처럼 앙앙 울고, 가시오 마시오 울음 울고 야단을 피우더니, 뒷집의 꾀수 아비 발등거리를 하였다네."

"아이고 여보 영감, 발등거리가 무엇이오?"

"내 앞에 먼저 가서 매 맞고 돈 벌어다, 쌀 사고 고기 사서, 지 자식과 잘 먹었다 그 말일세."

"그러면은 영감께선 매를 아니 맞으셨소?"

"언제 내가 임자더러 거짓말을 하였던가?"

홍보의 마누라가 굶을 것은 생각 않고 기뻐 노랠 하는구나.

아이구, 좋아라.
얼씨구나 절씨구. 얼씨구나 절씨구.
영감이 엊그저께 병영 길을 떠난 후에,

후원에다 단을 세워 주야축수로 빌었더니,

매 안 맞고 오셨으니, 이런 기쁨 어디 있나.

얼씨구나 절씨구.

옷을 벗어도 내사 좋고,

배가 고파도 내사 좋네.

얼씨구나 절씨구.

얼씨구 절씨구 지화자 좋네.

얼씨구나 어 좋네. 얼씨구 절씨구. 지화자 좋네.

1-10.
차라리 자결하여 이런 꼴을 안 보려네

흥보가 매품 팔길 기대하고 병영에 갔었는데 차례가
오지 않아 태장笞杖 한 대 못 맞고서 빈손으로 돌아오
니 흥보 아내 품을 판다.

오뉴월 밭매기와 구시월 김장하기,
한 말 받고 벼 훑기와 입만 먹고 방아 찧기,
베 만드는 마 삶기, 보 막기와 물레질,
실 잣고 베 짜기와 머슴의 헌옷 짓기,
초상난 집 빨래하기, 굿하는 집 떡 만들기,
언 손 불고 오줌치기, 소주 고고 장달이기,
물방아에 쌀 까불기, 맷돌에 밀 갈기,
보리밭에 퇴비 놓기, 못자리 때 망초 뜯기,
용정방아 키질하기, 혼사 일에 잔일하기,

얼음 녹으면 나물 뜯기, 봄밭 갈아 보리 놓기.

아이 낳고 첫 국밥을 제 손으로 해먹고서 기운을 짜
내어서 절구질로 땀을 내네. 한 때도 쉬지 않고 밤낮
으로 벌어 봐도 늘 굶는구나.
흥보댁이 할 수 없어 죽기로 자처하고 자기 신세 박
복함을 한탄하며 섧게 울 제, 맘 있는 사람들은 귀에
서도 눈물 난다.

　애고 애고 설운지고,
　복이라 하는 것을 어찌하면 잘 타는고.
　북두칠성님 마련하시는가, 제왕 산신님이 점지하
　시는가.
　생년, 생월, 생일, 생시 팔자에 매였는가.
　금金기운을 타고 앉아 수水기운을 마주하는
　좋은 터에 관을 놓는 묘 쓰기에 매였는가.
　이목구비·이마·광대·턱 생김새에 매였는가.
　행인에게 적선하고 나쁜 마음 닫아 두고,
　선한 마음 우러르는 마음씨에 매였는가.
　어찌하면 잘 사는가.
　세상에 난 연후에 나쁜 일은 일체 않고
　밤낮으로 벌어 봐도

한 달에 아홉 번도 입에 풀칠할 수 없고,

일 년 사철 헌 옷이라.

내 몸은 고사하고 가장은 부황 들고 자식들은 아사
지경,

사람 차마 못 보겠네.

차라리 자결하여 이런 꼴을 안 보려네.

애고 애고 설운지고.

치마끈으로 목을 매니 흥보가 울며 말려,
"여보쇼, 아기 어멈, 이것이 웬일인가. 자네가 살았어
도 내 신세가 이러한데 자네가 죽으면 내 신세 어떠
하고 자식들이 어찌 될까. 부인의 한평생은 가장에게
달렸는데 박복한 나를 만나 이 고생을 하게 하니 내
가 먼저 죽으려네."
허리띠로 목을 매니 흥보 아내 겁이 나서 가장 손목
붙들고서 둘이 서로 통곡하니 초상난 집 되었구나.

1-11.
명당자리 얻기

이때에 한 스님이 마을을 지나는데 행색 매우 초라하다. 몇 해 묵은 중이신가, 헐디 헌 중이신가. 바느질도 하지 않은 풀로 엮은 옷 걸치고, 눈썹에서 어깨까지 복면을 드리우고, 다 떨어진 모자는 이리 총총 저리 총총 헝겊으로 기운 것을 흠뻑 눌러 쓰고, 누덕누덕 헌 베 장삼, 율무 염주 목에 걸고, 한 손에는 채를 잡고, 한 손에는 깨진 목탁, 동냥을 얻으면 무엇에 받아 갈지, 바가지, 바랑 등물 하나도 안 가지고, 개미가 안 밟히게 가만가만 가려 디뎌, 마을에 들어올 때 개가 콸콸 짖고 나면 두 손을 합장하며 "나무아미타불", 사람이 말 물으면 허리를 굽히면서 "나무아미타불" 하는구나.

이 집 저 집 다 지나고, 흥보 집 앞 이르더니, 오랫동

안 주저하며 울음소리를 한참 듣다 목탁을 두드리며
소리 내어 하는 말이,

"거룩하신 댁 문전에 걸승 하나 왔사오니, 동냥을 조
금만 주옵소서."

목탁을 계속 치니 흥보가 눈물을 씻으며 애긍히 대답
하되,

"굶은 지 여러 날에 아무것도 없사오니, 아무리 섭섭
하나 다른 데나 가 보시오."

그 중이 대답하되,

"주인의 처분이니 아니 받고 가겠지만, 통곡은 웬일
이오?"

"자식은 여럿인데 몹시도 가난하여 굶다 굶다 못하
여서 가련한 부부가 먼저 목숨 끊겠다고 서로 잡고
다투다가 부둥켜안고 우나이다."

저 중이 탄식하여,

"어허, 신세 가련하오. 부귀 주인 따로 없어 적선하면
따라오니 무지한 중의 말을 만일 듣고 믿을 테면, 집
터 하나 알려줄 터 소승 뒤를 따르시오."

흥보가 크게 기뻐 천 번 만 번 감사하며 중의 뒤를 따
라가니, 개국開國해도 좋을 만한 배산임수背山臨水 형
국이요, 무성한 나무들과 빼어난 대나무밭 빙 둘러
싸인 곳에 집터를 가늠하니 명당자리 분명하다. 저

중이 말하기를,

"이 터에 집을 짓고 편안하게 지내오면 가세 빨리 일어나고 자손이 영화롭고 만세까지 이어지리다."

네 귀퉁이 기둥 자리 막대기를 박아 주고 홀연히 사라진다.

낭송Q시리즈 서백호
낭송 흥보전

2부
흥보의 박타령

2-1.
제비는 가난하다 저버리지 않는구나

홍보가 그것 보고 도승인 줄 짐작하고 있던 집을 헐어다가 그 자리에 옮겨 짓고 간신히 지낼 적에 백설한풍白雪寒風 모진 겨울 벌거벗고 텅빈 배로 아니 죽고 살아났네. 정월 이월 눈 녹으니 산수풍경 몹시 좋다. 황록색 연한 버들, 꾀꼬리 노래하고, 흰눈 같은 배꽃 향에 나비가 춤을 춘다. 재주 좋은 까치 둥지 내 집 보다 단단하고, 산속의 까투리는 봄을 맞아 우는구나. 지붕은 곧 샐 듯한데 소쩍새는 '비요 비요', 쌀 한 톨 없는데도 '솥 적다 솥 적다' 한참을 운다만, 논 있어야 농사짓지. 배가 그리 고프거든 이것을 먹소, 쑥국새. 목이 저리 마르거든 술을 줄까, 두견새. 먹을 것이 없으니 닭과 개를 기르겠나, 사냥을 아니하니 사슴들이 벗이로다. 삼월 동풍 화창한 봄날, 날짐승과 들짐승이 좋은 날을 즐길 적에 강남에서 오는 제비, 모든 집에 찾아든다. 흥보의 움막에도 제비 하나 날아드니 흥보가 치하한다.

"각박한 세상인심 부귀만을 쫓아가니 적막한 이 산중에 찾아올 이 없건만, 제비는 가난하다 저버리지 않는구나. 긴 담장에 솟을대문 부잣집은 다 버리고 소쿠리만 한 이내 집을 찾아오니 반갑도다."

저 제비의 거동 보소. 재잘재잘 인사하고 좋은 진흙 물어다가 처마 안에 집을 짓고, 암수 서로 정답게 오르락내리락. 알을 낳아 새끼 까서 밥 물어다 먹이면서, 새끼 새와 어미 새가 지저귀며 즐기더니 난데없이 큰 뱀 하나 제비집에 들었거늘, 흥보가 깜짝 놀라 꾸짖으며 쫓는구나.

"무례한 이무기야, 너 먹을 것 참 많구나. 푸른 풀 난 저수지 곳곳에 개구리들, 달콤한 봄잠에서 덜 깨어난 물새들, 허다한 것 다 버리고 구태여 내 집에 와 제비 새끼 잡아먹노. 그 옛날 한 고조가 큰 늪을 지나가다 왕뱀을 베어 죽인 그 칼을 빌려다가 네 허리를 벨까 보다. 영험한 절 찾아가서 귀신 장수 몰아다가 네 큰 목을 자르리라."

급급히 쫓고 보니, 제비새끼 여섯에서 다섯 먹고 하나 남아 외로이 떠는구나. 어느 날 이 제비가 홀로 날기 연습하다 대발 틈에 발이 빠져 거의 죽게 되었거늘, 홍보가 그걸 보고 크게 놀라 달려가서 제비새끼 보듬어서 손에 놓고 탄식한다.

"네 목숨 가엾구나. 큰 뱀 만나 살았기에 명이 긴 줄 알았거늘 다리가 부러지는 이 환란은 웬일이냐. 전생의 죄악이냐 잠시의 횡액이냐. 삼백 종 날짐승 중 죄 없는 게 제비로다. 은나라 탕陽임금은 그 어미가 제비 알을 삼키고서 낳았으니 네 알이 아니라면 은나라가 없으렷다. 도원결의 맺은 장비는 표범 같은 얼굴에 고래 같은 눈을 하고 제비턱을 지녔으니, 네 턱이 아니라면 영웅이 없으렷다. 백곡은 아니 먹고 사람은 잘 따르고, 들보 위에 떨어뜨린 진흙 모양 보아 하니 문장가의 솜씨 같고, 해질 무렵 우는 소리 연인들의 근심 같네. 네가 이리 어여쁘니 반드시 살리리라."

칠산에서 잡은 조기 껍질을 잘 벗겨서 양 다리를 돌돌 말고, 오색 실로 찬찬 감아 제 집에 넣었더니 십여 일이 지난 후에 양 다리가 다 나아서 날아갔다 날아오며 노는 거동 보기 좋다.

구만 리 창공까지 높이높이 날아 보고,
긴 강물 맑은 물을 배로 쓰윽 스쳐 보고,
평평하고 넓은 뜰을 아장아장 걸어 보고,

길게 맨 빨랫줄에 한들한들 앉아 보고,

바람에 떨어진 꽃 발로 톡톡 차도 보고,

가는 비에 젖은 날개 슬근슬근 다듬으며,

가로 누운 들보 위에 고운 말로 하례하고,

해당화 그늘 속에 오락가락 노는구나.

홍보가 좋아라고 집 안에 있을 때는 제비하고 소일하고, 나갔다 돌아오면 제비집을 살펴보며 다정히 지내더니, 칠월이라 별 기울고 팔월이라 억새 베니, 이슬이 서리되고 가을바람 삽삽하다. 어느새 구월 되어 귀뚜라미 우는 소리 깊은 수심 자아내고, 높은 하늘 기러기는 먼 데 소식 띄워 온다. 당나라 이태백이 용산에서 술 마시고, 망향대에 올라서서 고향 손님 환송하던 구월 구일 되었구나. 우리 제비 고향 가려 하직인사 하는구나. 홍보가 탄식하여,

"사랑스런 우리 제비, 날 버리고 가려느냐. 강남이 멀다 하니 며칠이면 당도할꼬. 다음 봄에 돌아올 때 부디 내 집 찾아오라."

제비 저도 못 잊어서 나갔다 돌아와서 아리따운 울음소리 이별을 아끼는 듯. 홍보는 본래 서러운 사람이라 눈물 한 바가지 흘리고서 이별을 하였구나.

2-2.
제비 노정기

열두 나라 흩어졌던 제비들이 구월 그믐 강남에 돌아
와서 시월 초하룻날 제비장군 문안하며, 새로 난 새
끼 수를 점고하며 적는구나. 노나라에 갔던 제비 첫
째로 들어가고, 조선 땅에 왔던 제비 둘째로 들어갈
때, 흥보 제비 척 보더니 제비장군 묻는 말이,

"너는 어찌 홀로 왔고, 두 다리는 왜 그런고?"

제비가 아뢰기를,

"여섯 형제 나왔으나 이무기에 다 먹히고, 저만 홀로
남았는데 대발 틈에 발이 빠져 거의 죽게 되었습죠.
주인 흥보 힘을 입어 간신히 살았으니, 흥보의 어진
덕은 백골난망白骨難忘 되나이다."

제비장군 분부하되,

"장수 명령 어기면 매번 탈이 있느니라. 지난봄에 나

간 날이 을사乙巳일, 뱀날에는 가지 말라 만류해도 고집으로 기어이 나가더니, 뱀의 환란 당했구나. 흥보한 일 생각하니 더없는 군자로다. 보배 하나 갖다 주어 그 은혜를 다 갚아라. 새봄에 나갈 적에 내게 다시 고하여라."

한겨울을 다 지내고, 이월 초에 떠날 적에, 흥보가 살린 제비, 장군 앞에 하직하니 보물 하나 내어 주며,

"이것을 물어다가 흥보에게 잘 전하라."

삼동이 다 지나고 춘삼월이 되었더니 제비가 받아 물고 조선으로 나올 적에 꼭 이렇게 나오는 것이었다.

검은 구름 힘껏 차고 흰 구름은 무릅쓰고,
허공 높이 둥둥 떠서 두루 사면 살펴보네.
서촉 땅이 지척이요, 동해가 맑고 넓다.
축용봉祝融峯을 올라가니 주작朱雀이 놀며 난다.
황우산黃牛山을 넘어갈 제 황우탄黃牛灘에 가로놓인
오작교를 바라보니,
오吳와 초楚를 향하여서 동남으로 가는 배는
두리둥둥 북 울리며 어기야 어기야 저어 간다.
멀고 먼 포구에서 돌아오는 돛단배는
동정호 떠났다가 무슨 일로 돌아왔나.
푸른 물은 옥과 같고 고운 모래 빛이 나고 양 언덕

엔 고운 이끼.

애처로운 그 마음을 못 견디어 돌아가네.

날아오는 저 기러기 갈대를 입에 물고,

하나둘씩 가지런히 모래 위로 내려앉네.

흰 갈매기 흰 백로가 푸른 물을 왕래하니

노을 빛 곱게 내린 석양마을 거기노라.

회안봉廻雁峯 넘나들고 황릉묘黃陵墓로 들어가니

달빛 곱게 드리운 밤 이십오현 거문고 소리.

대나무에 쉬어 앉아 두견새 울음에 화답하네.

봉황대에 올라가니 봉황은 날아가고

누대는 비었는데, 강물만 흐르는구나.

황학루에 올라가니 누런 학 한 마리가 멀리 가서
오질 않고.

흰 구름 가득 싣고 태양 빛은 유유하네.

남경을 지나가며 술집거리 들어간다.

홀로 자는 창문 밖에 북숭아꽃·오얏꽃이 춘정을 더
하는구나.

매화꽃을 발로 톡 차 춤추는 자리에다 펄렁펄렁 떨
어뜨리고,

이수를 지나가며 계명산을 올라가니,

유방劉邦의 지략가인 장자방張子房은 간 곳 없네.

남병산南屛山 올라가니 칠성단은 빈터 됐고,

연燕나라와 조趙나라의 사이 길을 지나서는

만리장성 따라가다 갈석산碣石山을 훌쩍 넘어 연경
으로 들어가네.

황극전에 올라 앉아, 만호장안 구경하고,

연경의 남문에서 장달문으로 향해 가다,

동관을 들어가니 미륵불이 참 많구나.

요동의 칠백 리를 순식간에 지나고서,

압록강 건너서는 의주에 다다라서 동군정에 올라
앉아,

앞 남산·먼 남산, 석벽강·용천강, 좌우령 고개 넘
고, 강동 다리 건너가면

부산한 파발꾼이 말 바꾸는 고개로다.

평양에서 연관정과 부벽루를 구경하고,

대동강 물을 따라 길 숲을 지나가고,

송도를 들어가서 만월대·관덕정·박연폭포를 구경
한다.

임진강을 빨리 건너 삼각산에 올라 앉아, 지세를
살펴보니

천룡天龍의 대원맥이 중령으로 굽이쳐서

그 기운이 금화산과 계동으로 나뉘었고

창경궁의 춘당대와 경복궁의 영춘문을 휘돌아 돌
고 보니

도봉산 망월대와 삼각산이 우뚝하다.

문물이 화려하고 풍속은 희희(嬉嬉)하고,

오랜 세월 지켜 온 듯 한양성이 견고하다.

경상도는 함양이요, 전라도는 운봉이라.

운봉·함양 만난 땅에 흥보가 사는구나.

저 제비 거동 보소, 박씨를 입에 물고 남대문 밖 썩 내달아,

칠패 거리·팔패 거리·배다리를 지나고서, 애고개를 얼른 넘고

동작강·승방 지나 남태령 고개 넘어, 두 날개를 옆에 펴고

공중에 둥실 높이 떠서 흥보 집에 당도했네.

안으로 펄펄 날아들어, 들보 위에 올라앉아 제비 말로 우는구나.

지지 지지 주지 주지, 거지 연지 우지배요,

낙지 각지 절지 연지, 은지 덕지 수지차로,

함지 표지 내지배오. 빼드드드드.

2-3.

보은포(報恩匏)

한편 흥보는 지난 가을에 제비를 떠나보내고서, 한순간도 못 잊고 자주자주 생각하다가 삼짇날을 맞았구나. 이때에 흥보가 '저 제비 다시 올까?' 품 팔러도 아니 가고 기다리고 앉았더니, 반가워라! 저 제비가 처마 안에 날아들 때, 두 다리 모양새가 예전하고 꼭 같구나.

"아지주지."

제비 고운 목소리로 그리운 회포를 말하는 듯. 흥보가 좋아라고 무한히 정성스레 말을 한다.

"너 왔느냐, 너 왔느냐, 우리 제비 너 왔느냐. 강남까지 오가는 길 수천 리를 네가 갔다 네가 왔느냐. 강남 땅이 좋다던데 어찌하여 내버리고 누추한 이 내 집을 허위허위 찾아왔나. 인심(人心)은 간사하여 한 번 가

면 잊건마는 너는 어찌 신의信義 있어 옛 주인을 찾아
왔나.”

한참 이리 반길 적에 제비가 입에 문 것 홍보 앞에 떨
어뜨리니 홍보가 집어 들고 제 아내를 급히 불러,

“여보쇼, 아기어멈, 어서 와서 이것 보소. 제비가 무엇
을 물어 왔네.”

홍보댁이 들고 보며,

“애겨, 무슨 씨 아닌가. 그것 아마 외씨지.”

여인네의 소견이라 당치 않게 여기면서,

“아닐세. 그 옛날에 외를 심어 팔았다던 소평召平이
살던 곳은 관중關中 땅이 아니던가. 제비 갔던 강남에
서 외씨가 있겠으며, 외씨 이리 큰 것 있나.”

“그러면 여지荔枝씨인가?”

“그것도 아닐 걸세. 양귀비는 고운 얼굴 화색을 내려
고 여지만 먹었으나 서촉 땅의 공물이지 강남 산물
아니었고, 여지씨는 우툴두툴 벌레 먹은 형상이지.
옳아, 그것이로구나. 약방에서는 백편두白扁豆라 한다
던가.”

“그것은 강낭콩 아닌가.”

“아닐세. 강낭콩은 훨씬 더 넓고 가에 흰 테를 둘렀
다네.”

“애겨, 무슨 글자 있네.”

"이리 주소, 어디 보세. 갚을 보報, 은혜 은恩, 박 포匏, 보은포. 보은, 보은은 충청도 땅 옥천 옆에 있지. 그러니까 이 제비가 공주로 노성으로 은진으로 오지 않고, 보은으로 옥천으로 연산으로 왔나보오. 여러 고을 지나오며 어찌 똑 보은 박씨를 무엇하러 물어 왔나. 보은 대추 좋다 하지 박 좋단 말 못 들었지. 그나저나 씨 온 곳이 강남이든 보은이든, 저 먹을 것 아닌 것을 물어 오니 신기하고, 내 앞에다 떨치니 더욱더 기이하니 아무렇든 심어 보세."

좋고 길한 날을 잡아 볕 잘 드는 자리에다 둥그렇게 깊이 파고 오줌독에 담근 짚신 여러 짝을 쟁이고서 흙과 재를 잘 버무려 단단히 심었더니, 싹이 나는 것을 보니 박은 정녕 박이더라. 순이 차차 뻗어 가니 나뭇가지 잘라다가 박 넝쿨이 타고 가게 땅에 세워 주었더니 지붕까지 올랐구나. 살랑바람 단비까지 시절이 좋은지라 밤낮으로 자라나서, 삿갓 같은 넓은 잎이 온 집을 덮었으니 비가 와도 걱정 없고, 닻줄 같은 큰 넝쿨이 온 집을 얽었으니 큰 바람도 걱정 없어 흥보가 벌써부터 박의 덕을 입는구나.

마디마디 꽃이 피니 단아하고 조촐하다. 박 세 통이 열렸는데 처음엔 까마귀 머리만 하더니 종자만 해지고, 어린애 머리만 하더니 화로만 해지고, 장단 치는

북통만 하더니 성문 위의 대북만 하구나. 밤낮으로 차차 크니 약한 집이 무너질까 흥보가 걱정하여 단단한 나무 얻어 박통 있는 자리마다 천장 밑을 괴었더니, 그럭저럭 시절 지나 서리 내리고 바람 분다.

2-4.
슬근슬근 톱질이야

그때는 어느 땐고? 팔월 보름 대명일, 추석이 되었구나. 동네 다른 집에서는 떡을 한다, 밥을 한다, 자식들을 곱게 입혀 선산에 성묘 간다, 서로가 야단인데, 흥보의 집에는 먹을 것이 없었구나. 자식들이 하도 굶다 제어미를 졸라 대니 흥보의 마누라가 앉아 울음을 우는 게 가난타령이 되었더라.

가난이야, 가난이야, 원수년의 가난이야.
잘살고 못살기는 묘 쓰기에 매였는가?
사람이 태어날 때 삼신님이 점지하나?
어떤 사람 팔자 좋아 고대 광실 높은 집에 호의호
식好衣好食 잘사는데
이년 신세 어찌허여 밤낮으로 벌었어도 밤낮으로

밥을 굶나.

때는 팔월 보름이라, 이 아니 좋은 땐가.

우리 동네 사람들은 철 이른 벼를 걷고,

붉은 콩 푸른 콩 까서 밥을 짓네, 송편 하네,

창 앞에 대추 따고, 뒤껼에 알밤 줍고,

도랑에서 붕어 잡고, 먹을 것이 많건마는

불쌍한 우리네는 먹을 것이 하나 없네.

이내 죽는 목숨 밥 한 덩이 누가 주며,

찬 부엌에 굶은 아내 술지게미인들 볼 수 있나.

철모르고 우는 자식 밥을 달라 떡을 달라,

무엇으로 달래 볼까.

이렇게 한탄하니 자식들도 모두 따라서 우는구나. 이 때 흥보가 들어와서,

"여보쇼, 마누라. 여보쇼, 이 사람아. 자네 이게 웬일인가? 마누라가 이리 울면 집안에 재수없고, 동네 사람 부끄럽소. 울지 말고 이리 오소. 이리 오라면 이리 오소. 배가 정 고프거든 지붕에 올라가서 박을 한 통 내려다가, 박 속은 끓여 먹고, 바가지는 팔아다가 양식 사고 나무 사서 어린 자식 구완하세. 울지 말라면 울지 말어."

동네에서 도끼 얻어 지붕 위로 올라가서 박 꼭지는

찍었으나 내릴 수가 없더라. 정월 보름 동네에서 줄다리기하던 줄을 당산나무 아래에다 잘 감아 두었거늘, 그 줄을 풀어다가 박통을 묶고서는 홍보는 뒷줄을 잡고 홍보댁은 앞줄 당겨, 간신히 내려놓고 박 목수의 큰톱 빌려 박통을 켜려 한다. 홍보 모습 남루하나 속멋은 담뿍 들어,

"여보쇼. 아이어멈, 평지에 지어도 절은 절이요, 상복 입고 먹는 술도 권주가 부른다네. 우리의 일 년 농사, 논을 했나 밭을 했나. 모심을 때 상사소리, 밭을 맬 때 메나리 소리 불러 볼 수 없었으니, 우리는 이 박을 타며 박 노래나 하여 보세."

"노래는 무슨 노래, 사설을 알아야죠."

"묵은 사설은 낡았으니 박 내력을 가지고서 사설 지어 메기거든, 자네는 뒤만 맡소."

"그러시오."

홍보가 톱질 소리를 메긴다.

"당겨줍소 톱질이야."

"어기여라 톱질이야."

"성인에 버금가는 안회顔回의 안빈낙도安貧樂道, 이 박이 아니라면 표주박의 물 마시는 일표음一瓢飮을 어찌하나. 은자로 이름 높은 소부巢父의 둔세고절遁世高節, 이 박이 아니라면 기산에서 표주박을 어찌 높이 걸었

으리."

"어기여라 톱질이야."

"군자의 말 없기를 무구포無口匏라 하였으니 입 없는 박과 같고. 장자莊子에 나온 박은 하도 커서 쓸모없어 참으로 아깝도다."

"어기여라 톱질이야."

"인간대사 혼인할 때 표주박 잔에 술 돌리고, 시詩 짓는 주객酒客들도 표주박 잔 들고서는 서로 술을 권하더라."

"어기여라 톱질이야."

"우리도 이 박 타서 쌀도 일고 물도 떠서 가지가지 잘 써 보세."

"어기여라 톱질이야."

"시르렁 실근, 톱질이로구나, 에이 여루 당기어 주소. 이 박을 타거들랑 아무것도 나오지를 말고 밥 한 통만 나오너라. 평생 밥이 한이로구나. 에이 여서 당기어 주소. 시르르르 시르르르."

"어기여라 톱질이야."

"큰자식은 저리 가고, 둘째놈은 이리 오너라. 우리가 이 박 타서, 박속일랑 끓여 먹고, 바가지는 팔아다가 목숨 보전 하여 보세. 에이 여루, 톱질이로구나. 시르르르, 시르르르."

"어기려라 톱질이야."

"여보쇼, 마누라. 톱소리를 이어 하소."

"톱소리를 맡자 헌들 배가 고파 못 맡겠소."

"배가 정 고프거든 허리띠를 졸라매고 기운차게 당겨 주소. 시르렁 실근, 시르렁 실근, 당겨 주소, 당겨 주소."

2-5.
신선 동자가 선약 들고 찾아왔구나

실근 실근 실근 실근,

실근 실근 식삭 시르렁,

시르렁 실근 실근 식삭,

실근 실근 시르렁 시르렁,

시르렁 시르렁 식삭 식삭,

실근 식삭 슬근 식삭 탁 타노니,

푸른 옷의 동자童子 한 쌍 박통 밖에 썩 나온다.

"여기가 박흥보 씨 댁이오?"

흥보가 깜짝 놀라 제 머리를 탁탁 치며,

"이런 재변을 보았나. 초나라 때 노인들이 유자 속에 앉아서는 바둑을 두었다지만, 박통 속에 동자라니 세상에 처음이라. 내 이름을 어찌 알고 무엇을 하자 할지. 허참, 이 노릇이 무엇인가. 도망을 쳐야 하나? 차라리 죽고 말지. 어쨌거나 내가 흥보일세. 풀밭에 누워도 진드기 한 마리 붙을 데 없는 사람 찾아서 무엇하랴."

저 동자가 소매에서 대모玳瑁 쟁반 내놓는데, 병과 접시 종이 봉지 드문드문 놓였구나. 동자가 그 쟁반을 눈 위까지 높이 들고 흥보 앞에 드리면서 절하고 여쭙기를,

"삼신산의 신선들이 모여 앉아 공론하길, 흥보씨의 지극한 덕 금수禽獸까지 미쳤으니 그저 있지 못하리라. 하여 온갖 명약 보내셨소.

백옥병에 넣은 것은 죽은 사람 혼을 불러 돌아오는 환혼주還魂酒요, 꽃 접시에 놓은 것은 소경이 먹으면 눈이 밝는 개안주開眼酒라.

호박 접시에 담긴 것은 벙어리가 먹으면 말 잘하는 개언초開言草요, 산호 접시에 담은 것은 귀먹은 이가 먹으면 귀 열리는 벽이롱闢耳聾이라.

설화지雪花紙로 묶은 것은 아니 죽는 불사약不死藥, 금화지로 묶은 것은 아니 늙는 불로초不老草.

가지가지 있사온데 약 이름과 그 처방을 그 옆에 썼사오니 그걸 보고 쓰옵소서. 가다가 용궁에 전할 편지 있사오니 총총히 가옵니다."

사흘 굶은 흥보가 어리둥절 인사하며,

"이리 귀한 동자께서 나 같은 이 보시려고 그 먼 데서 오셨으니, 찬 없는 밥이나마 점심 요기 해야지요."

동자가 웃으며 대답하되,

"저희 같은 신선들은 세상 사람 아니기에 시장하면 구전단九轉丹 먹고, 목마르면 감로수甘露水 마신다오. 불로 익힌 인간 음식 전혀 먹지 못하오니 염려치 마옵소서."

홀연히 사라져서 간 곳을 알 수 없네.

흥보가 생각하길 허술한 집구석에 선약을 두었다가 혹여나 잃을까 봐 조그마한 오쟁이에 선약을 모두 넣고 꽉 동여서 움막 방의 들보 위에 단단히 얹었구나.

동자를 보낸 후에,

"어허, 참 괴이하다."

2-6.
이 궤 속에 쌀 또 있소

박 속을 또 굽어보니 가구 둘이 놓였는데, 하나는 반 닫이 농만 하고 하나는 벼룻집만 하구나. 주홍칠을 곱게 하고 용 거북 자물쇠를 단단히 채우고서, 초록 색 비단실로 벌매듭 맨 열쇠까지 곱게 걸어 두었구 나. 가구 둘 다 뚜껑 위에 반듯한 글자 몇 자 황금으로 쓰였는데, '박흥보 여시오'[朴興甫開坼]라. 흥보가 자세 히 보고 장담하여,

"내가 비록 산에 사나 이름은 멀리 났네. 봉래산의 선 동들도 내 이름을 부르더니 가구 위에 또 썼구나."

둘 다 열고 보니 하나는 쌀이 가득, 하나는 돈이 가득. 부어 내고 세어 보니 한쪽엔 쌀이 서 말 여덟 되, 다 른 쪽엔 돈이 넉 냥 아홉 돈. 삼팔, 사구 그 숫자도 길 하구나. 온 집안이 크게 기뻐 이 쌀로 밥을 짓고 이 돈

으로 반찬 사서 바로 먹기로 드는데 흥보의 마누라가 살림살이 야무지나 이같이 양식 쌓고 먹어 본 적 없었구나.

부자 아씨 같았으면 스물일곱 식구 모두 칠 홉씩 먹자 해도, 이칠은 십사, 칠칠은 사십구라. 셈을 척 해 보면 백팔십구 홉이니 한 말 여덟 되 구 홉이라. 넉넉 잡아 두 말만 하였으면 오죽 푼푼하련마는 평생 양식 부족하여 생긴 대로 다 먹는다. 부부가 품을 팔아 양식으로 챙겨오나 돈으로 받아오나 그것 모두 밥을 해도 모자라만 보았구나. 그 까닭에 서 말 여덟 되를 생긴 대로 다 할 적에 솥이 적어 할 수 있나. 큰 솥단지 가진 집을 찾아가서 밥을 짓고, 넉 냥 아홉 돈은 쇠고기를 모두 사서 반찬을 하려 할 때 칼, 도마가 어디 있나.

여러 자식 고놈들이 고기를 붙들고서 낫으로 자를 적에 고기 결을 알 수 있나. 가로 잘라 놓은 모양 서까래를 자른 듯이 기둥 밑을 자른 듯이. 함께 넣고 끓일 것도 별로 수가 많지 않아 소금 흩고 맹물 쳐서 질솥에다 삶아 내고, 밥 퍼 담을 그릇 없어 씻지 않은 쇠죽통에 밥 두 통을 퍼다 놓네. 숟가락은 애초부터 없었으니 찾겠는가. 질통 가에 둘러 앉아 물기 없는 두 손으로 서로 주워 먹는구나.

이 여러 자식들이 노상 밥이 부족하여 서로 뺏어 먹던 대로 그 많은 밥을 두고 큰놈 입에 넣은 것을 작은 놈이 뺏어 훔쳐, 큰놈도 빼앗기고 새로 쥐어 먹으면은 싸움 아니하련마는, 큰놈이 악을 쓰며 작은 놈의 볼때기를 이 빠지게 찧으면서, '개 아들놈, 쇠 아들놈' 밥통이 엎어지고 그 모습이 살벌하다. 무지한 저 흥보는 밥 앞에서 도리道理 잊고, 자식 몇 놈 돼져도 살릴 생각 아예 않네. 뜨거운 밥 움켜쥐다 크나큰 밥덩이가 손에서 떨어지면 목구멍을 바로 넘어 턱도 별로 안 놀리고 어깨춤 으쓱, 눈 한번 번득. 한 말가량 처치한 연후에야 왼편 팔을 땅에 짚고 두 다리를 쭉 뻗치고 오른편 손목으로 뱃가죽을 문지르며, 밥한테 농을 한다.

"여봐라 밥아, 내가 하도 시장키에 너를 조금 먹었으나 네 한 일 생각하면 비할 바가 아니로다. 세상인심 간사하여 세도 좋아 간다 한들 너같이 심히 하랴. 세도가와 부잣집만 기어이 찾아가서 먹고 먹다 못다 먹어, 개를 주며 돼지 주며, 학·두루미·거위들을 모두 다 먹이고도 그래도 많이 남아 쉬네 썩네 하는 것을. 나와 무슨 원수 있어 사흘 나흘 예사 굶어 뱃가죽이 등에 붙고 갈빗대가 따로 나서, 두 눈이 캄캄하고 두 귀가 먹먹하여 누웠다가 일어나면 정신이 어질어질,

앉았다 일어서면 다리가 벌렁벌렁. 말라 죽게 되었으되 찾는 일 전혀 없고 냄새도 아니 나니 어찌 그럴 수가 있나. 에라, 이 괴이한 것, 그런 법이 없느니라."

한참 엄히 꾸짖더니 도로 슬쩍 달래어,

"내가 그런다고 노여워서 아니 오면 아니 된다. 어여뻐서 한 말이지 미워 한 말 아니로다. 친구라 하는 것은 이르고 늦음에는 차이가 없다 하고, 서로 정이 두텁거나 가벼운지 보느니라. 어찌 서로 만나기가 이리도 늦었는가. 다시는 이별 말고 함께 잘 지내 보세. 어화 둥둥 내 밥이야, 옥을 주고 바꿀쏘냐, 금을 주고 바꿀쏘냐, 어화 둥둥 내 밥이야."

밥이 자주자주 오도록 새 정을 붙이려고 이런 야단이 없구나.

2-7.
돈 봐라, 돈 봐라, 얼씨구나 돈 봐라

이리 받하고 수작할 때, 열일곱번째 아들놈이 장난을 하느라고 쌀 궤를 열어 보고 깜짝 놀라 아비 불러,

"애겨, 아비, 이것 보오. 이 궤 속에 쌀 또 있소."

흥보가 의심하여,

"그 말이 웬 말이냐. 돈 든 궤를 또 보아라."

"애겨, 돈이 또 들었네."

"어허, 그것 맹랑하다."

쌀과 돈을 탁 비우고 찰각찰각 덮었다가 다시 열면, 쌀 궤에는 쌀이 수북, 돈 궤에는 돈이 수북. 다시 해도 도로 가득.

"어허, 그것 아주 좋다."

비워 내고, 비워 내고, 비워 내고, 비워 내고. 비워 내고, 비워 내고, 비워 내고, 비워 내고.

"아이고, 좋아 죽겠구나.

팔 빠져도 그저 부어라.

부어라, 부어라, 부어라, 부어라.

일 년 삼백육십 날만 꾸역꾸역 나오너라.

부어라, 부어라, 부어라, 부어라.

팔 빠져도 그저 부어라,

부어라, 부어라, 부어라, 부어라."

어찌 털고 부었는지 쌀이 일만 구만 석이요, 돈이 일만 구만 냥이라. 어떻게 다 셌는지 알 수가 없었구나. 그 많은 자식들이 팔을 걷고 달려들어 종일토록 부어 내니 돈과 쌀이 셀 수 없네. 흥보댁은 쌀을 들고, 흥보는 돈을 들고, 온갖 흥이 절로 나서 신이 나서 노는구나.

얼씨구나 좋을시고, 얼씨구나 좋을시고,

얼씨구 절씨구 지화자 좋구나, 얼씨구나 좋을시고.

돈 봐라, 돈 봐라, 얼씨구나 돈 봐라.

잘난 사람은 더 잘난 돈, 못난 사람도 잘난 돈.

생살지권生殺之權 가진 돈, 부귀 공명이 붙은 돈.

이놈의 돈아, 아나 돈아,

어디를 갔다가 이제 오느냐?

얼씨구나 돈 봐라.

야, 이 자식들아, 춤 춰라, 춤을 춰라.

아따, 이놈들, 춤을 춰라.

이런 경사가 어디 있느냐?

얼씨구나 좋을시고.

둘째놈아 말 듣거라.

건넛마을 건너가서 네 백부님 오시래라.

경사를 보았으니 형제 불러 볼란다.

얼씨구나 돈 봐라.

야, 이 자식들아, 춤 춰라, 춤을 춰라.

아따, 이놈들, 춤을 춰라.

이런 경사가 어디가 있느냐?

얼씨구나 좋을시고, 지화자 좋을시고.

불쌍하고 가련한 사람들, 박홍보를 찾아오오.

나도 이제 내일부터 자네들을 먹일 테오.

얼씨구나 좋을시고.

여보시오 부자님들, 부자라고 유세 말고 가난타고 타박 마소.

어저께까지 박홍보가 문전 걸식 일삼더니, 오늘날은 부자 되니,

부정하게 돈을 모은 석숭石崇이 부러울까.

정승 자리 내려놓은 도주공陶朱公이 부러울까?

얼씨구 좋을시고. 얼씨구나 좋구나.

2-8.
비단타령

자식들은 궤짝에서 쌀을 털고 돈을 털고, 그 아비는 뱃심으로 둘째 통을 또 켜는데, 줄곧 굶던 흥보 신세 뜻밖에 밥 보더니 아주 밥에 골몰하여 톱질하던 사설을 밥 노래로 짓는구나.

"어기여라 톱질이야."

"좋을시고, 좋을시고. 밥 먹으니 좋을시고. 그 옛날 수인씨燧人氏가 불로 익혀 먹는 법을 인간에게 가르친 게 나를 위한 일이었네."

"어기여라 톱질이야."

"옛날부터 지금까지 그 누가 나보다 더 잘 먹고 즐거운가."

"어기어차 톱질이야."

"옛날에 영웅들도 밥 없으면 살 수 있나. 오자서伍子胥

도 도망할 땐 오시吳市에서 걸식했고, 한신韓信도 곤궁
할 땐 포모漂母에게 기식했네.”

“어기여라 톱질이야.”

“진晉 문공文公은 들녘에서 끼니를 얻어먹고, 한나라
광무光武는 강가에서 보리밥을 찾았나니, 중한 것이
밥뿐이라.”

“어기여라 톱질이야.”

“이 박통을 또 타거든 금은보화 내사 싫어. 더럭더럭
밥 나오소.”

슬근슬근 탁 타놓으니, 온갖 보물 다 나온다.

비단을 헤아리면,

> 푸른 하늘 태양처럼 황금빛이 번뜻 돌아 일광단日
> 光緞.
> 달 그림자 은은한 듯 살짝 한번 물을 들인 월광단月
> 光緞.
> 우임금의 공덕으로 황하 홍수 다스려서 온 땅이 평
> 평한 듯 매끄러운 공단貢緞.
> 황금 같고 옥과 같은 귀한 소리 지니셨던 높은 도
> 덕 공자님의 대단大緞.
> 진시황도 안 무섭다 입바른 모초단毛綃緞.
> 한 고조가 남궁南宮에서 대풍가大風歌를 부르면서 잔

치 열던 높은 뜰의 잔디인가 한단漢緞.

창과 방패 마주하고 팔 년 동안 싸운 죄로 조공으로 바친 왜단倭緞.

군인들이 사열한 듯 줄 맞추어 무늬 넣은 영초단英綃緞.

나는 짐승 우단羽緞.

기는 짐승 모단毛緞.

불로 씻는 화한단火澣緞.

낭군과 이별하고 홀로 빈방 지키면서 그리운 님 생각하는 상사단相思緞.

폭포 아래 푸른 구름 피어난 듯 장원주壯元紬.

오늘밤 가련하게 기생집에 들어가는 귀밑머리 옥과 같고 뺨이 붉은 미인인 듯 가기주佳期紬.

팽조彭祖와 동박삭의 수명처럼 오래 가는 수주壽紬.

만동묘萬東廟 대보단에 반세토록 잊지 못할 명주.

만경창파萬頃蒼波 바람결에 번뜻번뜻 낭릉浪綾이며,

봄이 오는 춘삼월에 송이송이 화릉花綾.

그 이름도 좋을시고 대대로 초나라의 장수로다 항라項羅.

그 소리는 퉁소 같고 그 빛깔은 황금 같은 가을바람 청량하니 국화 단풍 구경 가세 추라秋羅.

갑을병정 십간十干 중에 으뜸가는 갑사甲紗.

남쪽 끝 월나라와 북쪽 끝 호나라를 멀다 마소麻素.

만물萬物 이치 무궁하니 천지대덕天地大德 생초生綃,

구월의 서릿바람 백곡을 쌓은 것이 풍성하다 숙초
熟綃.

뭉게뭉게 구름 문양, 두리두리 대접 문양.

큰 사람을 만났으니 이롭구나 용문龍文이며,

하도에서 낙서 짓던 거북이의 구문龜文이오.

한수漢水의 봄빛 같은 포도문葡萄紋,

용산으로 귀양 떠난 신하의 얼굴인가 국화문菊花紋.

팔짝팔짝 새발문양, 투덕투덕 말굽 문양,

북포北布, 저포苧布, 황저포黃苧布.

세목細木, 중목中木, 상목上木이며,

마포麻布, 문포門布, 갈포葛布 등등.

온갖 포목 꾸역꾸역 다 나왔구나.

2-9.
살림살이타령

온갖 보배 연이어서 나오는구나.

금패·호박·산호·진주·유리·진옥·고래수염.

사향·우황·이궁전이 꾸역꾸역 다 나오고 온갖 쇠가
다 나온다.

황금·적금·백동이며, 오동·주석·놋쇠며, 맑은쇠·유
납구리·생동·무쇠·시우쇠.

안방 세간 보자 하면,

삼층·이층·외층 장롱, 오합 삼합 자드리 상자, 지롱·
목롱·자개 함롱·뒤주장·혼합 경대, 반닫이·바느질
상자·키 큰 병풍·작은 병풍 온갖 그림 황홀하다.

핫이불·누비이불 각색 이불 좋을시고.

화문 보료·우단 요와 녹전 처네·원앙 베개.

한데 모두 괴어 놓고 왜단 보료 덮었구나.

붉은 물 곱게 들인 가는 왕골 엮은 자리,
봉황 무늬 꽃문양이 참으로 보기 좋다.
격언 적어 꾸민 족자, 산호 구슬 엮은 발, 방장·휘장·
모기장.
순금 반상·순은 반상, 놋쇠 반상·화기 반상, 수저·주
걱·국자며, 질그릇·양푼·유합·놋동이·대야·대화로,
탕기·쟁반·열구자·전골판과 노구솥, 놋쇠 요강·놋
쇠 등잔 꾸역꾸역 다 나오고,
사랑방의 살림살이 연이어서 나오는구나.
문갑·책상·가께수리·붓·벼루·찬합이며,
사서삼경·공자가어 가득 담은 책장이며,
오음육률 묘한 소리 울림 좋은 풍류 기계.
검은 뿔 장식 달은 큰 활과 화살들은
궁대와 전동 안에 제각기 담겨 있고,
조총·철편·채찍·환도, 무구가 좋을시고.
황금동이에 매화 피고 옥병에는 붕어 떴다.
서왕모가 먹을 법한 아름다운 복숭아와
예쁜 귤은 가지런히 큰 접시에 담겨 있네.
감로수와 천일주는 유리병에 넣었으며,
작은 서책 보려는지 안경도 놓여 있고,
신선 놀다 사라진 듯 바둑판에 벌여 놓은 바둑돌도
아직 있네.

풍로에 얹은 다관 붉은빛이 어리어리,
필통 옆에 놓은 부채 흰 깃털이 조촐하다.
사랑 기물 꾸역꾸역 다 나오고,
부엌 세간·헛간 기물·농사 연장·길쌈 기계 가지가
지 다 나온다.
밥솥·국솥·가마·두멍·항아리·구유·시루, 개수
통·물동이·소반·모반·채반·쪽박.
솥솔·조리·대소쿠리·나무 함지·나무 함박·사기그
릇·부지깽이.
공석·멍석·맷방석·짚 소쿠리·도롱이, 쟁기·따비·
써레·괭이·가래·호미·지게·도끼·낫·도리깨.
물레·베틀·빨래 방망이·다듬잇돌·홍두깨며,
심지어 오동으로 정히 깎아 색을 칠한 뒷간의 가래까
지 꾸역꾸역 다 나온다.

2-10.
언제 그 옷을 다 짓겠나,
우선 둘둘 감아보세

이리 많은 기물들을 방이 좁아 놓을 수 없고, 뜰이 좁아 쌓을 수 없네. 스물다섯 자식 중에 둘은 어려 못 시키고, 스물세 명 데리고서 크나큰 동굴에다 비단 따로 포목 따로 철물 따로 목제 따로 패물 따로 그릇 따로 다발 지어 쌓고 보니, 적막한 이 산중이 종로鐘路와 다름없어. 한양 최고 육주비전六注比廛, 만물시장 동상전東床廛, 마구 파는 마상전馬床廛, 모두 모은 박물관博物館이 정녕히 되었구나.

홍보 아내 그 안목에 어느 것 하나라도 이전에 본 것 있나. 그래서 생각하길 홍보는 가장이라 서울에도 갔다 오고, 병영도 다녀오고, 읍내 장도 다녔으니 매우 많이 알 거라고 푸른 비단 두루마리 통째로 집어 들고 홍보에게 묻는 말이,

"애겨, 이것 아주 좋소. 무명보다 폭도 넓고, 이렇게 긴 비단을 어디서 얻었을꼬. 이편에서 북 던지고 저 편에서 제가 받아. 비단을 짠 여인네는 팔뚝도 긴가 보오. 청대인지 쪽물인지 물은 어이 들였을꼬. 청대 색이 더 곱거든, 비단을 짜 가지고 푸른 물을 들였을 터. 반들반들 얼룽얼룽, 빛이 어찌 같지 않네."

이리 보고 저리 보며 껄껄한 두 손으로 비단 무늬 만져 보니 오죽이 붙었겠나.

"애겨, 이것 이상하다. 손가락을 아니 놓네."

흥보가 본 것 많은 알만 한 사람이면,

"비단을 파는 상인들도 비단을 짤 줄 모른다네, 내가 이를 어찌 아나."

쉽게 대답하련마는 가장 체면 잃을까 봐 마치 본 듯 이 대답하여,

"비단을 짜는 여인네는 팔뚝이 훨씬 길지. 그렇기에 중국서는 며느리를 선볼 적에 팔뚝 길이 먼저 보지. 물들인 건 청대인데 청이 곱고 안 곱기는 재를 넣기 에 달렸다네. 얼룽얼룽한 것들은 물들여 가지고서 갖 풀로 붙었기로 손가락이 딱딱 붙지."

흥보 아내 딱 속아서,

"애겨, 그렇구면. 우리 부부 평생 한이 먹고 입고 못 한 건데, 먼저 탄 박통에서 한없이 밥이 나와 양대로

먹었더니, 다행히 이 통에는 옷감이 참 많으니 자기 눈에 드는 대로 옷 한 벌씩 해 입으소."

"내 소견도 그러하나 언제 그 옷 다 짓겠나. 식구대로 맘에 드는 한 필씩 가지고서 위에서 아래까지 우선 둘러 감아 보세."

"그럽시다. 당신부터 정하시오. 무엇으로 감으려오?"

"우리가 넉넉하면 큰 자식을 혼인시켜 벌써 살림 맡겨 주고 건방乾方으로 갈 터이니, 그 방위 색을 따라 흑공단으로 감을 테지."

"그럼 나는 무얼 감나?"

"자네는 아낙이니 곤방坤房에 자리하니 흰 비단을 감게그려."

"백여우 같아 그건 싫소. 붉은 비단 감을라오."

"오오, 딸 없으니 맘대로 하시구려. 큰놈은 박부득이 迫不得已 진방震方 차지 청색이오, 그 남은 자식들은 제 소견에 좋을 대로 한 필씩 다 감아라."

흥보댁이 또 말하길,

"저 쌍둥이 막내 놈들 한 필로 다 감으면 숨 막혀 죽을 테니, 색동저고리 본을 따라 각색 비단 찢어 내어 어깨에서 손목까지 잡아매어 드리우세."

"오, 좋으이. 그리하소."

흑공단 한 필 꺼내, 흥보 먼저 감을 적에 상투에서 시작하여 뺨과 턱을 휘둘러서 목덜미를 감은 후에, 오른쪽 어깨에서 손목까지 내려 감고, 도로 감아 올라와서 왼쪽 어깨 손목까지 빈틈없이 감아 올라, 겨드랑이에 이르러서 차차 감아 내려와서, 두 다리를 갈라 감고 두 발에서 동여매어 디디고 나선다. 여인네와 자식들은 상투가 없었으니 머리 동여 시작하여 똑같이 감은 후에 항렬대로 뜰 가운데 차례대로 늘어서니 흥보가 그걸 보며 재담을 하는구나.

"이게 어디 호사냐? 늘어선 모양새가 당산나무 장승 같고, 휘감아 놓은 품은 진상 가는 청대 같네. 색을 따져 보려 하면 내 모양은 까마귀요, 애어멈은 고추잠자리, 큰놈은 파랑새요, 다른 놈들은 꾀꼬리와 해오라기. 새 한 떼가 늘어섰네. 막둥이 쌍둥이는 비단 장수 다니는 길 성황당의 나무로다."

2-11.
박에서 양귀비가 나오다

온 집안이 크게 웃고 흥보가 하는 말이,

"이번 호사 다 했으니 이 통 하나마저 타세."

흥보의 마누라가 박통을 타갈수록 밥 나오고 옷 나오니 마음이 아주 좋아, 이 통을 또 타면은 좋은 보물 더 나올까 속재미가 벌컥 나서,

"이 통을 탈 소리는 내가 사설 메길 터이니, 당신은 뒤만 맡소."

"얼씨구, 좋소. 가화만사성家和萬事成이라니, 자네 그리 좋아하니 좋은 기물 나오겠네. 어디 보세, 잘 메기소."

높고 가는 목청으로 제법 소릴 메기는데,

"여보쇼 세상사람, 내 노래 들어 보소. 세상에 좋은 것이 부부 밖에 또 있는가."

"어기여라 톱질이야."

"우리 부부 만나서는 온갖 고생 많이 했네. 여러 날 밥을 굶고, 엄동설한嚴冬雪寒 옷이 없어. 그때 신세 생각하면 어찌 아니 죽었을까."

"어기여라 톱질이야."

"가장 하나 믿고서는 이때까지 살았더니, 하늘이 감동하사 박통을 탈 때마다 옷도 나고 밥도 났네. 말년 복이 좋은 우리, 호의호식 즐겨 보세."

"어기여라 톱질이야."

"한 상에서 밥을 먹고, 한 방에서 잠을 잘 제, 부자 서방 좋다 하며 욕심낼 년 많으리라. 암캐라도 얼씬하면 내 솜씨에 절단나지."

"어기여라 톱질이야."

슬근슬근 탁 타 놓으니, 뜻밖에 한 미인이 교태를 머금고서 살포시 나오는데, 구름 같은 머릿결로 낭자를 곱게 하여 쌍용 새긴 호박비녀 느직하게 질렀으며, 매미머리 나비눈썹, 검고 진한 눈동자는 추파를 던지는 듯. 연지 뺨에 앵두 입술 박씨같이 고운 잇속, 띠풀 같이 하얀 두 손, 버들같이 가는 허리. 우아하게 화장하고 수놓은 비단 옷에, 외씨같이 고운 발씨 섬음걸음 꽃이 피듯. 옥구슬이 굴러가듯 모란꽃이 말하는 듯 아리따운 목소리로 그 여인이 묻는 말이,

"여기가 홍보씨 댁이오?"

홍보가 깜짝 놀라,

"하, 괴이하다. 당치 않은 살림살이 그리 많이 나올 적에 수상쩍다 하였더니 주인아씨 오셨구나."

납작 엎드려 절을 하며,

"좁은 박통 속이나마 평안히 오시었소. 이 세간 임자시면 모두 가져가옵소서. 쌀 서 말 여덟 되와 돈 넉 냥 아홉 돈은 한 끼 밥과 반찬 했고, 몸에 감던 비단들은 도로 풀어 놓았으니, 하나라도 속였으면 내사 짐승이지 사람이 아니오."

그 여인이 대답하되,

"놀라지 마시고 내 말 좀 들으시오. 당나라 현종 시절 아양 섞인 미소 짓고 시선 돌려 바라보면 온 세상이 치하하고, 궁 안에 모든 여인 무색하게 만들었던 양귀비를 모르시오. 전장의 북소리가 천지를 진동하여 서촉西蜀으로 피난 갈 때, 아름다운 말 앞에서 죽음을 맞았다오. 넋이 되어 떠돌다가 임자를 구했는데, 제비 편에 듣자 하니 홍보씨가 선善을 쌓고 부자가 된다기에 이렇게 찾아왔소. 천자天子 서방 내사 싫고, 많은 군대 소용없소. 부자의 첩이 되어 봄에는 꽃놀이로 밤새도록 노닐면서 한없이 놀아 보세."

홍보가 마누라의 뿔과 같은 검은 발톱, 추위에 검붉어진 다리만 보아 오다 이런 절색 보았으니 오죽이나

좋겠느냐. 손목을 덥석 쥐다가 깜짝 놀라 탁 놓으며,

"어디 그것 다루겠나, 살이 아니고 우무로다. 한창 좋을 제, 저런 것을 잔뜩 안고 올라타면 뭉크러질 텐데 어찌 할꼬?"

흥보와 양귀비가 서로 보며 농탕치니, 흥보의 마누라가 좋은 보물 나올 줄로 알고 소리까지 메겼는데 못볼 꼴을 보았구나. 부정 탄 손님같이 바라던 일 틀어지니, 손가락을 입에 넣고 고개를 외로 틀고 뒤로 돌아 앉으면서,

"저것들 지랄하지. 박통에서 나온 세간 어찌 될지 모르면서 양귀비와 농탕치는고. 당 현종은 천자로되 양귀비에 정신 놓아 망국을 당했는데 이 정도 박통 세간 얼마나 가겠는가. 열 끼를 곧 굶어도 그 꼴은 못 보겠다. 나 지금 곧 나가니 양귀비와 잘 살아라."

흥보가 가난하여 아내 손에 얻어먹어 가장 노릇 못했으니 호령이나 할 수 있나. 곧 빌며 하는 말이,

"여보쇼, 아이어멈. 이것이 웬일인가. 자네 방에 열흘 자면 첩의 방에 하루 자지. 그렇다고 양귀비가 나 같은 사람 보려 수만 리 타국에서 박통 타고 예 왔는데, 도로 쫓아 보내겠나."

처첩 놓고 수작할 제, 박통 속이 우근우근 다시 소란하더니만 무수한 사람들이 꾸역꾸역 나오는데, 사내

와 계집종이 백여 명, 석수·목수·기와장이·각색 장인 수백 명. 각기 연장 짊어지고, 돌과 나무, 기와 등등 수레에 싣고, 썰매에 싣고, 소에 싣고, 말에 싣고, 지게로 지고, 더미로 메고, 줄로 끌고, 지레로 밀며, 방아타령·산타령, 굿 치며 나오는데 이런 야단 어디 있나. 마른 담배 서너 대쯤 피울 새에 뚝딱뚝딱 서둘더니 기와집 수천 칸을 골짜기가 가득하게 순식간에 지어 놓고, 간데없이 사라지네. 흥보가 슬슬 둘러보니 강남 사람 그 재주가 참으로 이상하여 벽에 바른 진흙을 어느새 다 말리어 도배까지 하였구나.

안채에는 본처 두고, 별당에는 양귀비라. 안팎 사랑 십여 채며, 사면 행랑 노속이오. 사랑방을 굽어보면 좌상에 손님 가득, 음악소리 낭자하고, 시와 부로 소일 삼네. 곳간마다 열고 보면 돈이 가득 쌀이 가득 남은 곡식 쌓아 두고, 심심하면 양귀비와 후원의 화초 구경, 옥난간에 비친 달빛 둘이서 마주 앉아 당 현종이 지었다던 음악을 즐기나니, 이러한 신선놀음 어디에 있겠는가.

2-12.
놀보가 흥보를 찾아오다

흥보가 벼락부자 되었다는 소식이 퍼져 나가 놀보에
게 이르노니, 놀보가 생각하길,
"그것 모두 뺏어다가 내 곳간에 쌓으면 얼마나 좋을
꼬. 허나 이놈 잘 안 주면 어떻게 처치하나. 만일 아니
주거들랑, 몹쓸 아전 뒷돈 주고 흥보 놈이 부자되어
제 형을 박대한다 죄를 덮어씌우고는, 불량배를 데려
다가 돈 백 냥을 쥐어 주고 마을 원로 모일 적에 고자
질을 하라 하고, 유림儒林의 모임까지 고발을 하고 나
면 이놈의 살림살이 단참에 떨어 엎지."
흥보의 사는 동네 급히 물어 찾아가니, 높은 누대 큰
전각의 사이사이 놓여 있는 크고 작은 건물들이 벌집
처럼 빽빽하여 그 모양이 웅장하다.
대문을 여럿 지나 안사랑에 당도하니, 흥보가 제 형

보고 버선발로 내려와서 공손히 절을 하며 반기어 하
는 말이,

"형님 오십니까. 어서어서 올라가소."

"오, 그동안 잘 있었느냐? 네 살림이 들던 것과 꼭 같
구나. 네가 요새 다니면서 밤이슬을 맞는담서?"

"아이고 형님, 밤이슬이라니오?"

"아, 관가에서 너 잡으러 왔더구나. 밤이슬을 맞는 것
은 도적질했다 그 말이다. 그래서 부자 됐다, 너 잡으
러 왔는데, 형제간에 어찌 그냥 있을 수가 있겠느
냐. 밥과 술을 대접하고 내가 먼저 건너왔으니, 어서
이 집 비워 놓고, 어서 멀리 도망을 가거라."

"형님 그게 웬 말이오? 일단 안에 들어가서 자세한
내력 듣소."

방으로 들어가서 놀보를 상좌에다 앉힌 후에, 흥보가
두 손 잡고 고개를 숙이고서 조용히 사죄한다.

"박복한 이놈 신세, 스스로 분개하여 죽자고 하였더
니, 조상의 음덕陰德이며 형님의 덕택으로 부자가 되
었다오. 자식들을 데리고서 형님 댁에 건너가서 형님
을 뵈온 후에 형님을 모시고서 선산에 성묘하자 날을
정해 놓았는데, 형님께서 오셨으니 아우를 생각하는
그 마음이 황송하오."

놀보의 말 품새가 좋게 하는 말이라도 평생 배배 꼬

여 있어,

"자네 같은 부자들이 우리 같이 가난한 놈 찾아오기 쉽겠는가. 그나저나 어찌하여 부자가 되었는고?"

"형님 슬하 떠난 후로 근근이 지냈는데, 제비 한 쌍 날아와서 처마 끝에 집을 짓고, 날기 공부 힘을 쓰다 뚝 떨어져 죽게 되어 당사실로 감아 주고 도로 살려 주었더니, 그 은공을 갚으려고 박씨를 물어 왔소. 그것 받아 동편 밑에 정성껏 심었더니, 차차 자라 일취월장 박이 세 개 열렸기에, 배는 곯고 쌀은 없어 날을 잡아 박 켰더니, 그 박에서 금은보화 끝도 없이 나왔다오. 도적질이라니 당치 않소."

놀보가 흥보에게 박 탔던 내력까지 소상히 다 듣고는,

"오, 그랬느냐? 그렇다면 그놈들이 공연스레 다녔구나."

"당나라 때 한유는 강남으로 나아가서 밥 얻었다 하더니만, 저는 여기 앉은 채로 강남 것을 먹소이다. 밥이나 옷이나 온갖 기물이 다 강남 것이오."

놀보가 서둘러 일어서며,

"내가 집에 일 많은데 부득이 나왔더니 어서 어서 가야겠다."

흥보가 만류하며,

"처자도 보옵시고, 무엇 조금 잡수어야 댁에 돌아가

시지요."

놀보가 어서 가서 제비 잡고 싶었으나 양귀비를 구경
키로 마음을 고쳐먹고 흥보 따라 안에 든다.

"여보 마누라. 건넛마을 형님께서 이리 건너오셨으
니 나와 인사드리시오."

흥보 마누라가 시숙 왔단 말을 듣고 옛일을 생각하니
사지가 떨리면서 벌렁벌렁 하였으나, 가장의 명령이
라 거역하지 못하고서 나와 인사를 하는구나. 못 먹
고 못 입던 예전과는 다르더라.

지금이야 비단 없나 돈이 없나 쌀이 없나, 금은 보화
가 없나 녹용 인삼이 없나, 가솔들과 더불어서 호사
가 많구나. 한산 세모시에 청나라 물감으로 파르스름
물을 들여 주름은 잘게 잡고 허릿단은 넓게 달아 아
장거리고 나오는구나.

한데 이놈 놀보가 제수와 절한 뒤에 양귀비를 찾느라
고 눈을 휘휘 굴리느라 인사말도 하지 않자, 흥보댁
이 먼저 물어,

"아주버님 뵌 지가 여러 해가 되었으니 기체 안녕하
시오?"

놀보 놈이 평생토록 제수씨인 흥보댁을 여종 보듯 해
온지라, 존대는 고사하고 '하오'도 안 했더라. 오늘은
전과 달리 앉은 방, 차린 의복 눈에 왈칵 들어오니 홀

대를 하여서는 분명 탈이 날 듯하고, 존대를 하자 하니 혀가 아니 돌아가네. 매운 것을 먹은 듯이 입을 불며 얼버무려,

"허, 허, 평안하오."

그러더니 흥보 보고,

"야 흥보야, 제수가 쫓겨날 때 보고 지금 보니까 미꾸라지가 용 되었구나."

2-13.
놀보가 주안상을 받더니

흥보가 종을 불러,

"도련님들 계시느냐? 들어들 오라 하라."

흥보의 아들놈들 멍석에 열 맞추어 구멍 뚫고 사는 것에 근본 길이 들었구나. 세 줄로 늘어서서 엎디어 절을 하고 나란히 앉는구나. 놀보가 큰아버지 되는지라, '부모님 모시고 잘들 지냈느냐' 하든지 '조상의 음덕이다. 좀 잘들 생겼느냐' 하든지 할 말이 좀 많을까. 저 때려죽일 놈이 흥보를 돌아보며,

"너 닮은 놈 몇 되느냐?"

흥보 부부 넓은 소견, 개 같은 놈 탓하겠나. 묵묵히 말 없구나.

자식들을 내보내고, 주안상을 차리는데,

안성유기·통영칠판·천은 수저·구리 젓가락.

육조와 관아에서 온갖 집기 벌여 놓듯 주르르 펼쳐 있네.

오족판·대모양각.

얼기설기 송편·네 귀 번듯 절편

주르르 엮어 삼피떡, 사과·대추·토종꿀.

떡산적·소갈비찜·생간·천엽·콩팥·곱창 양편에 다가 벌여 놓고,

밤·대추·잣·호두·인삼채·도라지채.

낙지 연포 콩기름에 갖은 양념 다 갖췄다.

산채·고사리·연근·미나리.

녹두채·맛난 장국 주르르 들어붓고,

청동화로 백탄숯에 부채질 활활하다

계란을 톡톡 깨서 웃딱지 떼고 담았구나.

꼬꼬 울었다 영계찜. 오도독 포도독 메추리탕.

손 뜨겁다. 쇠저 말고 나무저를 드리거라.

고기 한 점 덤벅 잡고 맛난 기름장 풍덩 찍어 숯불에다 지지직 피시이.

홍보댁이 놀보에게 맛난 안주에다 과하주 좋은 술을 화잔에 가득 부어,

"갑자기 차리느라 변변치 못하오니 그리 알고 잡수

십시오."

이렇게 권하는데, 놀보 놈 받아먹는 모양새 좀 보소.

"너 이놈, 흥보야!

"예."

"네가 나와 형제이니 내 속을 알 것이다. 내가 본디 술 마실 땐, 초상집에 앉아서도 권주가 없인 못 먹는 다. 그러니, 네 예편네 곱게 차려 입힌 김에 내 앞에서 권주가나 한 마디 시키거라."

흥보 마누라가 이 말을 듣더니, 들었던 술잔을 방바 닥에 떨구고서,

"여보시오, 아주버니! 아이고, 제수더러 권주가를 하 라는 말 고금천지 첨 들었소. 어서 가시오. 보기 싫 소! 쌀도 있고, 돈도 있고, 비단 옷도 많이 있소. 뭐 하 려고 내 집에 왔소? 돈과 곡식 가졌다고 유세 좀 하지 마오. 엄동설한 추운 날에 구박을 하던 일은 관 속에 들어도 나는 진정 못 잊겠소. 어서 가시오, 보기 싫소! 어서 가지 않으시면 내가 먼저 나가지요."

흥보가 마누라를 달래서는 방 밖으로 보내 놓고 또 종을 불러,

"이리 오너라."

강남에서 온 종들이 재빠르고 재치 있어.

"예."

"강남 아씨께 오시라고 여쭈어라."

아, 갑자기 미인 하나 들어오는데, 당나라 현종같이 풍류 아는 천자라도 정신을 놓았는데, 놀보 같은 상놈 눈에 오죽이나 놀랐겠나. 턱을 들고 일어선 뒤 절받기를, 큰 제수께 비하면 갑절이나 공손하다. 양귀비의 거동 보소. 섬섬옥수 땅에 짚고 고운 눈썹 나직하고, 앵두 입술 살짝 떼고 옥구슬이 구르듯이 고운 소리로 인사할 제,

"먼 데 살고 천한 몸이 이 댁에 의탁한 지 오래되지 아니하여 처음 문안드립니다."

놀보 놈이 제 생전에 처음 보는 미인이요, 처음 듣는 목소리라. 말주변이 없는 탓에 대답할 방도 없고, 들입다 안고 싶어 정신줄을 놓았구나. 놀보가 벌벌 떨며 대답하길,

"오시는 줄 알았으면 내가 와서 박 탔지요."

한편 이때 아이 종이 귀한 손님 대접하는 음식 차려 올리는데, 소반, 그릇 음식 등이 놀보가 생전에 못 보던 것이었다. 형제 함께 상을 받고 여종이 옆에 앉아 술을 계속 권하는데 놀보가 좋은 술을 십여 잔 먹더니만 취중에 미친 마음 참다가 못 견디어 양귀비의 고운 손목 들입다 움켜쥐며,

"술 한 잔을 잡수시오."

다른 계집 같았으면 뺨을 치며 욕을 하며 오죽이나 하겠느냐. 양귀비가 남달라서 안색을 바로 하고 좋게 대답하는 말이,

"왜, 내가 물에 빠지었소?"

놀보 놈이 깜짝 놀라 손목을 썩 놓으며,

"일색일 뿐 아니시라『맹자』孟子도 읽었구나."

양귀비가 일어나서 안채로 들어간다.

2-14.
제 복이 아니면 할 수 없는 것이었다

놀보 놈이 무안하여 술상을 물리고서 심술을 부리려고 이쪽저쪽 살피더니, 이불에 씌워 놓은 붉은 비단 보자기를 쭉 빼서는 활활 타는 화롯불에 던지면서 분해서 하는 말이,

"계집년은 내외하여 안으로 가려니와, 이불도 내외하나?"

비단에 불붙더니 검게 타는 기색 없고 빛이 더욱 고와 간다. 놀보가 물어,

"이게 무슨 비단이냐?"

"박쥐 털로 짠 화한단火漢緞이오. 불에 타면 더욱더 곱지요."

"얘, 그것을 내게 다오."

"그럽지요."

"또 무엇을 가져갈꼬? 첫 박에서 나왔다던 쌀이 들고 돈 들었던 궤를 둘 다 주려느냐?"

"부자가 된 밑천이니, 둘 다 어찌 드리겠소. 하나씩 나눕시다. 어떤 것을 가지려오?"

"돈궤를 가지련다."

"그러시오. 또 다른 것 생각 있소?"

"모두 주면 좋건마는 내가 바빠 가야기에 그것만 가져가니, 다시 생각나는 대로 계속 와서 가져가마. 내가 매번 올 수 없어 기별을 할 터이니 핑계 없이 보내어라."

"그리하오리다."

벼룻집 같은 궤를 화한단 보에 싸서 손수 옆에 끼고 제 집으로 급히 가서, 문 안에 들어서며 종을 불러 하는 말이,

"짚더미를 가져다가 돈꿰미를 만들거라. 급하고 급하구나. 어서어서 꼬아 오라."

안으로 들어가서 부인에게 자랑하여,

"여보쇼, 홍보 놈이 떼부자가 되었거든. 그놈의 세간 밑천 여기 내가 뺏어 왔네."

화한단 보를 풀며,

"이것은 불에 타면 더 고운 것이로세."

돈궤를 내놓으며,

"이것은 돈이 생겨 비워 내면 또 생기지."

궤의 문을 열고 보니 돈은 웬 돈. 길이를 어림하면 엽전 넉 냥 아홉 돈을 다발 다발 꿰어 논 듯 샛누런 구렁이가 고개를 꼿꼿이 들고, 긴 혀를 널름널름. 놀보 부부 크게 놀라 궤의 문을 급히 닫네. 놀보가 종놈을 소리쳐 불러,

"이것을 가져다가 문도 열어 보지 말고 얼른 불에 태워라."

놀보댁이 말리면서,

"애겨, 그것 사르지 맙쇼. 흥보 그 흉한 것이 돈 나오는 궤 주었다 생색내면 어찌하오. 구렁이 쌌던 보는 두어서 무엇 하오. 그 보로 도로 싸서 급히 돌려보내시오."

놀보가 맞장구치며,

"자네 말이 똑 옳으이."

심부름꾼 급히 시켜 흥보 집에 돌려보내 흥보 받아 열어 보니 구렁이는 웬 구렁이, 돈이 하나 가득하지. 제 복이 아니면 할 수 없는 법이었다.

낭송Q시리즈 서백호
낭송 흥보전

3부
놀보의 박타령

3-1.
놀보의 제비타령

욕심 많은 놀보 놈이 제비를 기다리며 차비를 장만할 때 이런 야단이 없구나. 짚신 삼는 사람들을 십여 명 골라다가 매일 매일 삯을 주고, 삼시 세끼 챙겨 주며 술 담배도 대접하네. 외양간 다락방에 짚신 삼는 찰벼 짚을 한짐 가득 내놓고, 제비 집을 지어서는 온갖 곳에 내걸기를, 안채·사랑·행랑이며, 곳간·사당·뒷간·대문, 처마란 처마에는 앞과 뒤도 안 가리고 고루고루 달아 놓고 제비 찾아 나선다.

서리 곱게 내린 것이 꽃보다 더 고울 때 추운 산의 큰 바위도 성큼성큼 올라가고, 눈 밎은 맑은 날엔 찬 북풍을 맞으면서 초나라와 오나라의 강과 산을 다 뒤지듯. 오지와 험한 땅을 가리지 않았는데 제비 소식 알 수 없네.

놀보가 제비에 상사병이 났나 보다. 길짐승은 족제비를, 그릇은 모제비를, 음식은 수제비를 애타게 찾으면서, 화가 나면 뒷목 잡고 목제비를 하는구나.

그럭저럭 겨울 지나 정월, 이월, 삼월 되니, 강남에서 오는 제비 각 집에 날아들 제, 신수가 불길한 제비 한 쌍 놀보 집에 들어간다. 놀보가 제비 보고 집짓기에 수고롭다. 제가 손수 흙을 이겨 메주덩이만치 뭉쳐 처마 안에 집을 짓고, 검불을 많이 긁어 소 외양간 짚깔듯이 담뿍 넣어 주었더니 미친 제비가 아니라면 게다가 알 낳겠나.

한데 어떤 제비 한 쌍 깃들 집을 잘못 찾아 알 여섯을 낳았더니, 마음 급한 놀보 놈이 시시때때 만져 보아 다섯은 곯고, 하나는 까서 날기를 공부하니, 이 흉한 놀보 맘에 구렁이가 찾아와야 쫓아 줄 수 있을 텐데 축문 지어 제사해도 구렁이가 아니 와. 대발 틈에 발 끼어야 다리 부러질 터인데 밤낮없이 빌어 봐도 떨어지지도 아니 해. 날기 공부하느라고 제 집 가에 발 붙이고 날개를 발발 떨면 놀보 놈이 밑에 앉아 '떨어지소, 떨어지소' 두 손 싹싹 비비어도 끝내 아니 떨어지니, 그렁저렁 점점 커서 날아가게 되었구나.

놀보가 허망하여, 절로 다리 부러지길 기다리면 놓칠까 봐, '울려 놓고 달래리라' 못된 마음 먹고서는 제비

집에 손을 넣어 제비새끼 집어내어 그 약한 두 다리를 무릎에 대고 자끈 꺾어 마룻바닥에 선뜻 놓고, 천연히 모르는 체 뒷짐 지고 걸으면서 목소리를 크게 내어, 풍월을 읊는구나.

"황성터는 비었는데 벽산에는 달 밝구나. 고목은 죽어서 청운青雲 속에 묻혔구나."

앞으로 돌아서며 제비새끼 얼른 보고, 깜짝 놀란 목소리로 놀보댁을 급히 불러,

"여보쇼, 아이어멈. 내가 아까 글 읊느라 미처 보지 못했더니, 제비새끼 떨어져서 다리가 꺾였으니 불쌍하여 보겠는가. 어서 감아 살려 주세."

저 몹쓸 놀보 놈이 제비 다리 감을 적에, 흥보보다 더 하려고 대왕 민어 껍질 벗겨 세 겹을 거듭 싸고, 중국의 비단실 중 가늘다는 당팔사로 단단히 동인 후에 제비집에 도로 넣고, 행여나 바람 쐴까 큰 누더기 서너 겹을 제비집에 둘렀더니, 놀보 망칠 제비거든 죽을 리가 있겠느냐. 십여 일이 지나더니 다리가 다 나아서 날아가고 날아오며 날기에 힘쓰더니 제비집 비우고서 강남으로 돌아가는 가을날이 되었으니, 놀보가 부탁하여,

"여봐라, 제비야. 똑 죽을 네 목숨을 내 재주로 살렸으니, 아무리 짐승인들 이 은혜를 잊겠느냐. 흥보 은

혜 갚은 제비 세 통 박씨 주었으니, 너는 갑절 더 보내어 여섯 통 박씨 물고 오라. 삼월까지 있지 말고 가면 즉시 돌아와서 정월 보름 되기 전에 여기 다시 당도하면 오죽이나 좋겠느냐."

그 제비가 펄펄 날아 강남에 들어가서, 놀보의 전후 내력 장군께 아뢴 후에 박씨 하나 얻어 두고, 내년 삼월 기다린다.

이때에 놀보 놈은 정월 보름에 제비 올까, 앉은뱅이 삯을 주고 강남까지 다녀오라 심부름을 보내 보고, 눈병난 놈 불러다가 제비 오는 망을 보라 시키면서 큰 돈 주니, 제비에 드는 돈은 아끼지 않는구나.

3-2.
보구풍(報仇風), 원수 갚는 바람

그럭저럭 새봄 되어 강남 갔다 오는 제비 지붕 위를
날더니만 놀보 집에 다시 오니 놀보 놈이 몹시 반겨,
"반갑다, 내 제비야. 어디 갔다 이제 왔나. 강남의 황
제께서 너에게 관작 주어 벼슬하러 네 갔더냐. 나무
집을 지었다는 유소씨有巢氏의 집 짓는 법 배우려고
네 갔더냐. 석양이 비칠 적에 오나라 군 머물렀던 화
려한 주택가인 오의항烏衣巷이 그리워서 네 갔더냐.
수많은 궁녀들이 단장하던 붉은 분이 버려져서 진흙
이 된 한 고조의 미앙궁未央宮에 네 갔더냐. 어이 그리
더디 와서 내 간장을 다 녹이냐. 박씨 물어 왔거들랑
어서 급히 나를 다오."
놀보가 손바닥을 쩍 벌리니 저 제비의 거동 보소. 물
었던 박씨 하나 놀보 손에 뚝 떨치고 두 날개를 바삐

놀려 뒤도 보지 아니하고 구름 속으로 날아간다. 놀보가 좋아서는 덩실덩실 춤을 추며,

"얼씨구나 좋을시고, 떼부자가 되겠구나."

가족들을 급히 불러 박씨를 보여 주며 자랑을 하는구나.

놀보댁이 박씨 보고,

"애겨, 이것 내버리쇼. 갚을 보報자, 원수 구仇자, 바람 풍風자 쓰였으니, 원수를 갚을 바람이라. 그것 어디 쓰겠는가?"

놀보가 대답하되,

"자네가 어찌 알아? 원수 구라 하는 자는, 군자의 좋은 배필이라─군자호구君子好仇의 구자로다. 짝 구逑자와 통용하니, 어떠한 미인으로 내 짝 삼아 갚는다는 말이로세."

놀보의 마누라가 들어보니 이런 죽을 말이 있나. 마누라가 더 못 믿어,

"만일 진짜 그렇거든 바람 풍자 웬일인가?"

"바람 풍자 더 좋지.

　　성대하신 복희씨는 풍성風姓으로 왕 하시고,
　　순임금의 오현금은 남풍시南風詩를 노래했네.
　　문왕·무왕 장한 덕은 온 나라를 교화하여 좋은 풍

조풍潮 만들었고,

주공은 성인이라 빈풍시豳風詩를 지으셨네.

한韓 고조는 수수풍雎水風, 광무제는 곤양풍昆陽風,
제갈량은 적벽풍赤壁風. 이렇게 세 번이나 큰 바람
이 일어나서 한韓나라를 도왔으니 장하다 하려니
와, 백이·숙제 고절청풍孤節淸風, 엄자릉의 선생지
풍先生之風, 도연명의 북창청풍北窓淸風이 만고에 맑
았으니 그 아니 좋을쏜가.

우리도 이 박 심어 동풍東風 불 때 싹 틔우고, 삼월
남풍南風에 점점 자라, 좋은 시절 우순풍조雨順風調
에 꽃이 피고 박이 열려, 팔월고풍八月高風 불 때 되
어 박을 따서 슬슬 켜면 보물이 풍풍 나와 집안이
풍덩풍덩.

풍속에 맞는 호사 나도 한번 누려 보자.

비단 옷에 호박 단추, 망건에는 상아 장식. 모피로
된 모자 쓰고 바람 막는 안경까지 코 위에 떡 걸치
고, 화려한 안장 얹은 백마를 높이 타고 바람같이
달려 보세.

흰 구름 맑은 바람, 날씨 좋은 한낮에는 꽃구경 버
들 구경 근교로도 나가 보세.

풍류랑風流郞 좋은 팔자 밤낮없이 누리면서 풍악을
즐길 적에, 네 귀퉁이 풍경 단 집 방안에 병풍 치

고, 풍로에 다관 얹지.

　풍석風席 없는 자네 배를 신선 같은 풍모 지닌 내가 훌쩍 올라 타서 바람결의 방아처럼 풍풍풍 찧노라면, 무풍無風 청수淸水 맑은 물이 스스로 흔들려서 넘실넘실 짤끔짤끔 파도가 일 것이오.

그만하면 풍족하지 잔말 말고 심어 보세."
놀보가 달력 펴고 박씨 심을 날을 뽑아 사랑 앞을 급히 파고 못자리 할 거름까지 모두 퍼다 쌓아 두고 단단히 심었더니, 아침에 심은 것이 오후에 거의 자라 솟아난 큰 박 순이 수종水腫난 놈 다리 같네.
놀보 댁이 깜짝 놀라,
"여보시오, 애 아부지, 이것 급히 빼버리오. 은나라 때 상상곡祥桑穀은 아침에 났던 것이 저녁에 큰 나무 되어 요물이라 하더니만 나라가 망하였소. 이것 정녕 재변이오."
놀보가 장담하여,
"나물이 되는 것은 떡잎부터 알 것이니, 사오 일만 지나가면 그 덩굴이 자라나서 억만금이 날 것이며, 온갖 세간 품은 박이 주렁주렁 열릴 테니 일찍부터 큰 것이지."
이 박의 크는 법이 날마다 곱절씩 더럭더럭 크는구

나. 연거푸 순이 나고, 한 순이 커지기를 한 아름이 넘는구나. 덩굴이 자라나서 어디에 가 턱 걸치면 모두 다 무너지네. 사당에 걸쳤더니 사당이 무너져서 신주가 깨어지고, 곳간에 걸쳤더니 곳간이 무너지고, 알지도 못한 새에 온 동네 집집마다 쭉쭉 뻗어 턱 걸치면 무너지고 무너지고. 무너지면 값을 물고, 무너지면 값을 물고, 그럭저럭 보상한 게 삼사천 냥 넘었으니, 놀보가 벌써부터 박의 해를 입는구나.

3-3.
놀보의 박타령 — 황금집을 지어볼까

꽃이 피어 박 맺힐 때, 처음 바로 북통만 해. 십여 일
이 지나더니 나루터 거룻배만 해. 한 달이 되더니 그
크기가 쌀 천 섬을 운반하는 세곡선稅穀船만 하더라.
여섯 통이 열렸거든 놀보가 가리키며 온갖 짐작 하는
구나.

"저 통 색이 누런 것이 속에 정녕 금 들었지. 어느 통
에 미인 있나, 미리 알면 포장으로 둘러 두게."

한참 이리 걱정할 제 허망이라 하는 놈이 놀보 소문
듣고서는 돈 노리고 찾아와서,

"여보쇼, 놀보씨. 박통 일을 몰라 걱정을 하신다니 나
를 어찌 안 찾는가."

놀보가 반기면서,

"자네가 알겠는가?"

허망이 대답하되,

"내가 노형 속이겠나. 값 정해 주었다가 박 타 보아 안 맞거든 그 돈 도로 찾아가소."

"그리하세. 맞히면 천 냥 준다 수결하고 삼백 냥은 먼 저 주지."

허망이 말하기를,

"첫 통은 다 생금인데 누가 혹시 가져갈까 노인 한 분 지켜 섰고, 둘째 통은 사람 많이 들었구나. 셋째 통은 계집 많고, 넷째 통은 악기 가득, 다섯째 통엔 가마가 들었는데 그 길이가 참 길구나. 여섯째 통은 좋은 말 이 들었구나."

놀보가 좋아하며,

"들 것 다 들었으니 어서 타세, 어서 타세."

놀보가 달력 펴고 재물운 있는 날을 가려내어 박을 탈 때, 큰 독 가득 술을 빚고 쌀 한 가마 밥을 짓고 소 를 잡고 개를 잡아 먹을거리 차린 후에, 팔 힘 세고 소 리 좋은 건장한 일꾼들을 닷 냥씩 삯을 주고 삼십 명 을 얻어다가 잔뜩 모아 먹이고서 누런 박통 먼저 탈 때, 놀보가 좋아라고 제가 소리 메기는데, 금이 꼭 나 오리라 금으로 소리한다.

"여보쇼, 세상사람 금 내력을 들어보소. 여수에서 생 겨나서 흙속에 묻히었네. 구변 좋은 소진蘇秦은 말 잘

해서 금을 얻고, 효성 깊은 곽거郭巨는 효성으로 금 파 냈네."

"어기여라 톱질이야."

"금이라 하는 것은 오행의 중심이오, 팔음의 머리로 다. 위태로운 전쟁에서 적의 마음 얻으려고 뇌물로 보낼 것이 금만 한 게 또 있으랴."

"어기여라 톱질이야."

"나는 제비 살리고서 금 박통 씨 얻었으니, 이 통을 어서 타서 금이 많이 나오면은 어떤 부자 부러울까. 이 동네가 금곡金谷 되리."

"어기여라 톱질이야."

"서시나 왕소군을 맞아들일 황금집을 지어 볼까. 천 리마를 얻을 테니 황금 채찍 가져 볼까."

"어기여라 톱질이야."

3-4.
놀보 이놈, 강남 가서 종살이를 하려무나

슬근슬근 거의 타니 통속에서 와글와글 글 읽는 소리가 나는구나.

"맹자가 양혜왕梁惠王을 뵈었을 때 왕께서 이르기를, '어르신께서 천 리를 멀다 않고 오셨으니 장차 이 나라를 이롭게 하실 수 있겠습니까?' 했다는데, 가련한 놀보는 옛 주인도 못 알아보는구나."

놀보 듣고 하는 말이,

"어디, 이게 박속이냐? 서당이요, 글방이지. 가련한 놀보는 또 뭐고, 옛 주인은 무엇이냐?"

놀보가 의심하며 한참을 있자 하니, 박통 틈을 반만 열고 한 노인이 나오는데, 차린 복색 가관일세.

헐고 헌 갓 썼는데 빈대 알이 다닥다닥, 서친 마 적삼에 개가죽으로 만든 묵은 배자가 무릎 밑에 털렁털령, 구멍이 뻔뻔한 중치막의 아랫단에 황토가 덕지덕지, 온 세상 다 돌아다닌 듯 꼬질꼬질 묵은 바지 오줌 싸서 얼룩지고, 석 자 되는 홑 베주머니에 온 재산을 몽땅 넣고, 또닥또닥 기운 버선에 짚신짝을 동여매고, 담뱃대의 가운데 쥐고, 개털 부채로 얼굴 가리고, 놀보의 안방으로 제 집같이 들어가니 놀보 보고 기뻐하며,

"흥보는 첫 통 탈 때 동자가 왔다더니, 내 박은 첫 통에서 노인이 나오니 그것만 볼지라도 어른과 아이의 분별이 있다. 저 주머니 속에 든 게 모두 선약仙藥이로구나."

놀보 놈이 그 노인을 바삐바삐 따라가서 자세히 살펴보니, 토끼 같은 얼굴에 빈대 코가 맵시 있다. 뱁새 눈, 병어 입에 목소리는 몹시 커서,

"이놈 놀보야, 옛 상전을 모르느냐? 네 할아비 덜렁쇠, 네 할미 허튼댁, 네 아비 껄떡놈, 네 어미 허천네, 모두 우리 종이었느니라. 내가 병자년丙子年에 과거 보러 서울 가고, 사랑방이 비었을 때, 흉한 네 아비가 우리 가산 도적질해 종적 없이 도망가니 수년간 찾아봐도 간 곳을 몰랐더라. 조선에 왔던 제비 통해 네 놈 소식 듣고서는 천 리 길을 마다하지 않고 이리 찾아왔으니, 네 처자, 네 살림을 박통 속에 속히 담아 강남

가서 종살이를 하려무나."

놀보가 들어보니 정신이 캄캄하여 아무런 말을 못하겠다. 완력으로 싸워 봐도 이 양반의 생긴 꼴이 불에 넣어도 안 탈 테요, 재판을 하자 하니 시원찮은 제 근본을 동네사람들 다 알 터이니, 어찌하면 무사할꼬. 저 혼자서 고민할 제 노인의 호령 소리 갈수록 무섭구나.

"이놈 놀보야, 옛 상전이 와 계신데 네 계집, 네 자식이 문안을 아니하니 이런 경우 어디 있나. 이리 오너라, 이리 오너라."

"예."

박통 속이 관문같이, 전쟁터의 장수처럼 무섭게 생긴 놈들 몽둥이랑 오라 들고 꾸역꾸역 퍼 나오니, 놀보가 이를 보니 죽을밖에 수 없구나.

놀보가 엎디어서 애걸을 한다.

"여보시오, 주인님, 이 동네가 양반촌이오. 가세가 넉넉하여 갓을 쓰고 지내오니 이 고을 이 근방의 알 만한 양반 댁이 모두 다 사돈이오. 이 소문이 나게 되면 소인은 고사하고 그 양반들 어찌 하오. 이런 사정 생각하여 아무 말씀 마옵시고, 속전贖錢으로 바칠 테니 속량贖良하여 주옵소서."

"그새 수십 년간 네놈의 아비 어미, 네놈과 처자식이

종살이 하지 않았으니 밀린 공돈 어찌할꼬?"

"분부대로 하리다."

3-5.
능천낭(凌天囊), 하늘을 능멸하면 재산을 뺏는 주머니

"네놈 죄를 생각하면 기어이 잡아다가 밤낮으로 일 시키며 조금이라도 잘못하면 거꾸로 매어 놓고 대추 나무 방망이로 두 발목의 복사뼈를 꽝꽝꽝 때려 가며 부려먹자 하였더니, 네 말이 그러하니 인정을 봐줄 테다. 공돈과 속전을 바칠 테면 지체하지 말고 썩 내어라."

"몇 냥이나 바치올지?"

"너 같은 놈 데리고서 돈을 놓고 다투겠나. 이 주머니 줄 터이니 무엇을 넣든지 여기만 채워 오너라."

조그만 주머니를 허리에서 끌러 주니, 놀보가 제 소 견에 잔뜩 염려하였다가, 주머니가 작은지라 아주 좋 아 못 견디며,

"예, 그리 하오리다."

놀보가 주머니를 가지고서 제 방으로 들어가서 돈 열 냥을 풀어 놓고, 한 줌 넣고 두 줌 넣고 열 줌을 넣었으나 아무 동정이 없구나. 잔돈이라 그러한가, 묶음으로 넣어 볼까 스무 냥씩 묶은 묶음, 백 묶음이 넘어가도 흔적도 안 보인다. 이 주머니 생긴 폼이 무엇이든 넣으려 하면 주둥이를 떡 벌리고 산덩이도 들어갈 듯, 넣고 보면 딱 오므려 전과 도로 같아진다.

"어허, 이것 어찌할꼬?"

이대로 하다가는 옛 상전은 고사하고 자신까지 팔아넘겨 새 상전이 생기겠다. 부피 큰 것 넣어 보자. 곡식을 넣었더니 쌀 백 석이 쑥 들어가, 이백 석, 삼백 석도 넣으면 그만이라. 천 석 쌓은 노적가리·나무더미, 심지어 뒷간 거름까지 모두 쓸어 넣어도 볼록도 아니한다. 놀보가 겁을 내어 주머니를 들고 보아,

"이게 어디 구멍 났나?"

주머니를 이리저리 솔기 밑을 다 보아도 가죽으로 만든 것이 바늘 찌를 틈도 없다.

"애겨, 이걸 어찌할꼬? 사람 죽일 것이로다."

주머니를 가지고서 노인 앞에 다시 빌며,

"여보쇼, 주인님, 이게 무슨 주머니요?"

"네 이놈, 왜 묻느냐?"

"아무것이라도 들어가면 간데없소."

"에라, 이놈 간사하다. 그럴 리가 있겠느냐. 아무것도 아니 넣고 이 소리가 웬 소리냐. 이리 오너라, 네 저 놈을 매달아라."

놀보 덜컥 겁을 먹고 두 손 모아 빌어 본다.

"비나이다, 비나이다. 이것저것 다 넣어도 이 주머니 차질 않소. 어찌 좀 살려 주소."

"네가 그리 바란다면 네 할아비, 네 할미, 네 아비, 네 어미, 네 아들 딸년, 네놈까지 일곱이니, 매 몸뚱이마다 일천 냥씩 바치어라. 만일에 딴말 하면 네놈을 여기에 넣으리라."

주머니를 떡 벌리니 놀보 몹시 두려워서 칠천 냥을 또 바친다. 저 노인이 그 돈 받아 주머니에 넣더니만 순식간에 간데없다.

놀보가 값 치르고 속량을 하더니만, 주인이라 아니하고 생원이라 부르것다.

"여보시오, 생원님. 이왕 지난 일이니 그 주머니 이름이나 알려 주오."

속 얕은 저 노인이 받을 것 다 받더니만 마음이 흡족하여 수작을 좋게 하여,

"이 주머니가, 하늘을 능멸한 자들의 재산을 모두 빼오는 능천낭凌天囊이다."

"누구 재산 뺏어 왔소?"

"어찌 다 말을 할까. 부자로 소문났던 한나라 양기梁冀 세간은 주머니의 한 편 귀도 못 차더라."

"그 재산은 얼마 되오?"

"돈만 해도 삼십여만이지. 당나라 탐관오리 원재元載 의 세간 역시 주머니의 한 편 귀도 못 차더라."

"그 재산은 얼마 되오?"

"값비싼 향신료만 팔천 석이 넘었다지."

"그렇게 뺏어다가 어디에다 쓰시오?"

"임금에게 충성하고, 부모에게 효도하고, 형제간에 우애하고, 친구를 구제하는 사람, 그 형세가 가난하면 이 재물을 노나줘서 부자가 되게 하지. 조선 땅에 박흥보란 사람 있어, 마음이 인자하고, 형제간에 우애하나 지지리도 가난하여 주머니에 있던 세간 절반 남짓 보냈지."

놀보 평생 성질머리 다른 사람 하는 말은 기어이 뒤받겠다.

"만일에 그렇다면 안자顔子: 안연 같은 아성인亞聖人은 밥 한덩이 물 한 그릇 겨우 먹고 굶으면서 왜 그리 가난했고, 더없는 효자라던 동소남董召南은 어찌하여 그것조차 못 먹었나. 능천낭에 있는 재산 왜 아니 보태었소?"

"그럴 리가 있겠느냐! 그득그득 보냈더니, 청렴한 그

어른들 받을 이유 없다면서 다 아니 받더구나.

세상 사람 중에 누가 허물 없으리오. 고치면 귀할 테니, 너도 이제 개과改過하여 형제간에 우애하고, 이웃과 화목하면 능천낭의 재물 덜어 네게 보태 줄 것이요, 그렇지 아니하면 어떤 큰비 올지라도 우비 입고 찾아와서 혼쭐을 내줄 테니 언제라도 잊지 마라."

노인이 초당 밖에 나서더니 홀연히 사라진다.

3-6.
두번째 박타령 — 돈 많으면 불인해도
내사 좋소

박을 타던 일꾼들이 이 꼴을 보았으니 어안이 벙벙하
여 박 타려는 흥을 잃고 각기 귀가하려 하니 놀보가
만류하여,

"아까 왔던 그 노인이 옛 주인이 아니시라, 금과 은이
사람 되어 내 기운를 본 것이니, 만일 중지하였다간
남은 통에 있는 보화 흥보 갖다 줄 것이오. 명당에 묘
를 써도 초년 고생 꼭 있나니, 염치없다 하지 말고 어
서서어 톱질하쇼."

놀보가 선소리를 또 메기되, 부자만을 원하는구나.

"어기여라 톱질이야."

"인간에게 좋은 것이 부자밖에 또 있는가. 요임금은
어찌하여 부자는 탈이 많다 재물을 마다시고, 맹자는
어찌하여 불인해야 부자 된다 그리도 꺼리셨나.

탈 많아도 내사 좋고, 불인해도 내사 좋소."

"어기여라 톱질이야."

"범려范蠡가 치부한 건 계연計然의 계책이요, 백규白圭
가 치산治産한 건 손자와 오기의 병법이라. 재물이 없
었으면 잘난 사람도 쓸데없네."

"어기여라 톱질이야."

"공자 같은 큰 성인도 자공 돈이 아니라면 어떻게 수
레 타고 천하유람 하였으며, 한漢 고조高祖가 영웅이
나 소하蕭河의 돈 없었으면 천하통일 했겠는가."

"어기여라 톱질이야."

"임금께서 녹봉 주니 문전에서 절을 하고, 일백금 바
친다면 죽은 혼도 돌아오니 귀신도 안 무섭네."

"어기여라 톱질이야."

"이 통을 어서 타서 좋은 보물 다 나오면, 떼부자인
이내 형세 자랑하며 놀아 보세."

슬근슬근 거의 타니 돈꿰미가 보이는 듯, 놀보 몹시
좋아하며,

"애겨, 이것은 돈꿰미?"

쑥 잡아 빼어 보니 오륙백 명 장님들이 줄을 잡고 쭉
늘어서 꾸역꾸역 나오는구나.

곰배팔이, 앉은뱅이, 새앙손이, 반신불수.

지겟다리에 발 디딘 놈, 종이로 코 덮은 놈,

다리에 피 칠한 놈, 가슴에 구멍 난 놈.

얼어 부푼 얼굴에 댕강댕강 물이 든 놈,

입술이 하나 없어 잇속이 앙상한 놈.

통통 부은 두 다리가 대궐 기둥만 한 놈,

등덜미가 튀어나와 큰 북통을 진 듯한 놈.

키가 한 자 남짓한 놈, 입이 한쪽 돌아간 놈.

가죽 관을 쓴 놈, 갓을 쓴 놈,

패랭이 꼭지만 쓴 놈, 곰발 모양 두건 쓴 놈.

헌 가마니에 해초 진 놈,

아궁이에서 자고 나서 온몸에 재 묻힌 놈.

헐고 헌 고의적삼에 그을음을 다 바른 놈.

꾸역꾸역 나오는데, 사람들 모인 수가 철 좋은 가을
날에 대구의 약재 장에 사람 많은 것과 같네. 그들 각
자 목청껏,

"놀보 불러, 놀보 불러."

이런 야단이 없구나.

3-7.
빌려간 나랏돈을 내놓아라

그들 중에 수장首長인지 한 남자가 나오는데, 나이 오십 남짓 하고 다년간 과객질로 공짜로 먹는 데는 도가 터서 하는 말이 사람 잡을 기색일세. 헌 갓을 동여매고, 헌 도포에 헌 방울띠, 엄청 긴 담뱃대를 한가운데 불끈 쥐고, 점잖게 나오더니 일행들을 책망하며,

"왜 이리들 요란하냐. 대충 봐도 한두 달에 끝날 일이 아닌 것을, 어찌 그리 성급한고. 아무 말도 다시 말고 내 명대로 시행하세."

놀보의 대청 위에 허물없이 오르더니, 끝없는 반말소리로,

"바깥주인 어디 있나? 이리 와서 내 말 듣지."

놀보가 전 같으면 이러한 과객 보고 오죽이나 호령하랴. 한데 여러 걸인 소리 정신줄을 놓게 하니 잠시 넋

이 나갔다가, 보아하니 이 영감이 그나마 섬찮더라. 하소연을 하여 보자 단단히 마음먹고, 우두머리 앞에 올라 공손히 절을 한다.

"본댁은 어디온데 무슨 일로 오셨으며, 저리 많은 동행 중에 성한 사람이 없어 뵈니 어찌되신 일입니까?"

우두머리 대답하되,

"우리들이 온 내력은 오륙 일쯤 쉬고 나면 알아서 말할 테니 일단 좋은 술과 안주·갖은 반찬· 더운 점심, 정결한 손님방에 착실히 대접하라."

놀보가 깜짝 놀라 애절하게 비는 말이,

"저 많은 손님네의 술과 밥을 어찌 대접할 수 있소. 돈으로 때웁시다."

우두머리 대답하되,

"손님을 대접할 땐 밥상 하나에 접시 일곱, 장 두 종지, 김치까지. 그릇 값만 할지라도 댓 냥이 넘을 테나, 주인 사정 봐주어서 일단 댓 냥이라 하고, 손님 한 분 매일 식사 석 냥이라 각각 치고, 술·담배 값 한 돈씩, 착실히 내놓아라."

놀보가 하릴없이 삼천 냥을 내놓으니, 몇 냥 아니 남았구나. 놀보가 다시 빌어,

"귀하신 손님네를 쉬게 하면 좋으련만, 내 집의 열 배라도 앉힐 곳이 없을 테니, 일단 돈을 받으시고 오신

내력 말해 주소."

"주인 말이 그러하니 아무렇게나 하여 볼까. 우리나라 벼슬 중에 활인서活人署의 마름들이 이자놀이 한 것으로 가난한 백성 먹였는데, 자네 조부 덜렁쇠가 삼천 냥을 빌린다기에 그 이자를 기대하며 밑천까지 다 줬는데, 병자년에 도망하여 줄행랑을 놓았것다. 그 때문에 우리 걸인 굶게 된 게 수십 해라. 조선 왔던 제비 편에 자네 소식 듣게 되니 마름들이 하는 말이, '만리타국 있는 놈을 오라 하기 번거롭다. 너희들이 모두 가서 밀린 이자 받아 오되, 만일 놀보 버티거든 그놈의 안방에서 놀고 먹고 자고 오라.' 그 분부를 모시고 나왔으니 갚고 안 갚기는 주인의 소견이지."

놀보가 기가 막혀 공순히 다시 물어,

"우리 조부 그 돈 쓸 제 서명했던 증서 있소? 그것을 본 증인 있소?"

"있지."

"여기 가져오셨소?"

"안 가져왔지."

"수표가 있더라도 신의信義 안면顔面 더 중하지. 일찍이 안면도 없었는데, 수표조차 안 가지고 빚 받으러 오시었소?"

"아마도 일 년이면 강남 왕래할 터이니, 우리 식구 예서 먹고, 한 사람을 강남 보내 수표를 가져오지."

놀보가 들을수록 사람 죽일 말이로다. 놀보가 성을 내며 그 값을 따지다가 오히려 돈이 늘어 육천 냥짜리 증서를 써 주는구나. 이에 우두머리 하는 말이,

"관청에 바쳐 보아 주인께서 적다 하면 도로 찾아올 것이니, 홀연히 떠난다고 섭섭히 알지 마오."

일시에 우두머리와 걸인들이 간데없이 사라진다.

3-8.
세번째 박타령 — 양반 나와 바로 결박,
걸인 나와 모두 쪽박

걸인들을 보낸 후에 셋째 통을 타려할 제, 놀보 저도
무안하여 아니리를 읊는구나.

"처음이 흉하면 뒤에는 흥한다오. 고생이 다하면 즐
길 일이 있다더라. 세 번을 호령하고 다섯 번 거듭 하
니, 무한히 좋은 보화 이 통 속에 꼭 들었지."

박타는 일꾼 중에 입바른 사람 있어, 옆구리에 칼이
와도 할 말은 꼭 하였다네. 그자가 자청하여,

"여보게, 놀보씨. 이 박통의 선소리는 내가 하면 어떠
한가?"

놀보가 허락하니, 놀보 욕심 꾸짖으며 선소리를 메기
더라.

"요·순·우·탕 태평세엔 인심들이 순박. 공자·맹자·
안자·증자 성인들은 행실이 검박. 밀화 늙어 호박, 구

슬 발은 주박珠箔."

"어기여라 톱질이야."

"근래 풍속 매우 소박, 사람마다 모두 경박. 남의 말은 대고 타박, 형제간에 몹시 구박."

"어기여라 톱질이야."

"홍보가 심은 박은 제비 은혜 갚는 박. 놀보가 심은 박은 제비 원수 갚는 박. 양반 나와 바로 결박, 걸인 나와 모두 쪽박."

"어기여라 톱질이야."

"안달 내니 저리 민박憫迫, 네 모습이 하도 망박忙迫. 불의로 모은 재물 부서지니 모두 빈 박."

슬근슬근 박을 타니 줄줄이 꾸역꾸역 사당패가 나오더라. 사당패 법 따른다면 고운 분칠 교태 섞인 계집들이 앞서는데, 여기는 웬일인지 마구 쪽진 머릴 하고 때 묻은 옷 마구 걸친 잡색패가 먼저 나서 박통 밖에 나오더라. 놀보가 깜짝 놀라,

"애겨, 서시西施님이 나오느라 하녀 먼저 오나 보다."

놀보가 그리 믿고, 내외를 시키는데 그 모습이 대단하다. 잡인들을 쫓으려고 박을 타던 울력꾼들 문 밖으로 다 보내고, 휘장이 모자라서 홑이불, 이불 안팎, 돗자리, 문발이며 심지어 방석까지 담뿍 둘러막았더니 그 뒤에 서시들이 꾸역꾸역 나오는구나. 어떤 이

는 쪽을 지고, 어떤 이는 댕기머리. 길게 땋아 올린 머리 자주 수건 동여매고, 연두색 저고리에 긴 담뱃대 물었구나. 따라오는 짐꾼들은 곱게 짠 오쟁이에 이불보·요강·망태·기름병도 달아 지고 꾸역꾸역 나오더니 놀보 보고 절을 한다.

"소사小寺 문안이요, 소사 문안이요. 소사 등이 유랑함에 경기 안성 청룡사와 영남 하동 목골이며, 전라 함열咸悅 성불암, 창평에 대주암, 담양·옥천·정읍·동복, 함평의 월량사 여기저기 있었습죠. 근래에 흉년 들어 먹을 것이 없어져서 강남으로 갔더니만 강남 황제 저희에게 분부를 내리시어, '네 나라의 박놀보가 부자로 유명하니, 박통 타고 그리 가서 수천 냥을 뜯어내되, 만일 적게 주거들랑 다시 와서 아뢰어라' 하셨으니, 분부 모시고 나왔나이다. 후히 내리옵소서."

놀보가 하릴없어 마음을 눅이것다.

"그래도 박통에서 나오던 무리 중에 너희가 으뜸이다. 너희들 장기대로 염불이나 잘 하여라."

사당패의 거사 놈이 좋아라고,

"예이!"

3-9.
잘 논다, 네 이름은 무엇이냐

거사 놈들 소고 치고, 사당의 절차대로 분홍 옷을 곱
게 차린 계집이 먼저 나서 유연한 몸짓으로 발림을
곱게 하고 소리를 하는구나.

"산천초목 무성하니 구경하기 즐겁도다.

여야디여 어야디여,

장송은 낙락 기러기 훨훨.

낙락장송 다 떨어진다.

성황당의 뻐꾸기야,

이 산으로 가면 어리궁 뻐꾹,

저 산으로 가면 저리궁 뻐꾹."

"야, 잘 논다. 네 이름이 무엇이냐?"

"초월이오."

또 한 년이 나서면서,

"푸른 버들, 향 나는 풀, 뜰 앞에 가득한데,
날은 다 저물어도 해는 어찌 더디 가나.
오동나무 적시는 밤비, 빗방울이 굵어지는데,
밤은 어찌 길었는고.
얼싸절싸 들어보소.
해당화 그늘 속에 비 맞은 제비같이
이리 흔들 저리 흔들, 흔들흔들 잘도 논다.
이리 봐도 일색이요, 저리 봐도 절색이라."
"애, 잘 논다. 네 이름은 무엇이냐."
"구광선簧框仙이오."
또 한 년이 나오더니,
"갈까 보다 갈까 보다,
떠 놓은 밥을 못 다 먹고 님을 따라 갈까 보다.
경사진 산성 위의 가파른 길을 따라
애를 밴 여인네가 앙금 살살 돌아간다."
"네 이름이 무엇이냐?"
"일점홍一點紅이오."
또 한 년이 나오면서,
"오독도기 춘향월에 달은 밝고 명랑한데,
여기 저기 앉더라도 말로 못할 경치로세.
깊은 청산 쑥 들어가 버드나무 얇은 가지
손으로 움켜쥐고 주르륵 훑어다가,

그 잎을 물에다가 두둥실실 띄우노니,

여기 저기 앉더라도 말로 못할 경치로세."

"잘 한다. 네 이름이 무엇이냐?"

"설중매雪中梅요."

또 한 년이 나오며, 방아타령 하는구나.

"사신 행차 바쁜 길도 쉬어 감이 조화로다.

산도 첩첩 물도 중중,

기자箕子가 세웠다는 평양성이 참 좋구나.

청천에는 까마귀가 울며 나는 곽산郭山이요,

모닥불에 묻은 콩이 튀어나니 태천太川이라.

찼던 칼을 내려놓는 하릴없는 용천검龍泉劍,

청총마를 냅다 타고 돌아오니 의주義州로다."

"잘 논다. 네 이름은 무엇이냐?"

"월하선月下仙이오."

또 한 년이 나오면서 잦은 방아타령 하며,

"유각골 처자는 쌈지장수,

왕십리 처자는 미나리장수,

순창담양 처자는 바구니장수,

영암·강진 처자들은 참빗장수.

예라 뒤야 방아로다."

"네 이름은 무엇이냐."

"하옥瑕玉이오."

한참 서로 농탕치니 놀보의 마누라가 강짜가 났구나.
쪽진 머리·동강치마·속곳 바지 풀어놓고, 버선발로
평나막신 왈칵 벗어 던지고는 놀보 앞에 냅다 가서,
"나는 뉘만 못하기에 사당 보고 미치셨소?"
놀보가 전 같으면 볼을 냅다 칠 것이나, 사당패가 비
웃을까 고운 말로 설명하길,
"차린 의복 생긴 맵시 볼만한 정경이지. 풍류 아는 사
내들이 이 처자들 보았다면 집안 살림 다 팔았지. 염
불하던 사당들이 예쁘기도 하거니와, 강남 황제 보냈
으니 홀대할 수 있겠느냐."
매병에 일백 냥씩 후이 주어 보낸 후에 선소리꾼 다
시 불러 제 분을 푸는구나.
"방정스런 저 자식이 톱질 사설 잘못 메겨 떼방정이
나왔으니 물러가라, 내 메길게."

3-10.
네번째 박타령 — 세간을 다 빼앗기니
온 집안이 아주 허통

놀보가 분을 내어 톱질 사설 메기것다.

"헌원씨가 만든 배는 타고 나니 이제불통以濟不通, 공자의 칠십 제자 육예六藝가 모두 신통."

"어기여라 톱질이야."

"한나라 숙손통, 당나라 굴뚤통. 옛글에 있는 통은 모두 다 좋은 통."

"어기여라 톱질이야."

"세간을 다 빼앗기니 온 집안이 아주 허통. 생각하고 생각하니 내 마음이 아주 절통."

"어기여라 톱질이야."

"어서 썰세, 네번째 통. 이는 분명 세간 통, 안 그러면 미인 통."

"어기여라 톱질이야."

"내 신수가 아주 대통, 어찌 그리 신통방통."

"어기여라 톱질이야."

슬근슬근 거의 타니 고운 옷에 노랑머리 앳된 아이 썩 나서니 놀보가 크게 반겨,

"애겨 이것 선동이지."

삼십 넘은 노총각들 그 뒤 따라 또 나오고, 사람들이 꾸역꾸역 박속에서 나오더라. 앞에 선 두 아이는 검무잡이·북잡이라. 풍각쟁이·각설이패·방정스런 외초라니 등등이 통 밖으로 소란스레 나오더라. 놀보의 안마당을 시장인 줄 알았던지 널찍하게 자릴 잡고 각자 악기 꺼내고서, 가야금 '둥덩둥덩', 퉁소 소리 '띠루띠루', 피리 소리 '고깨고깨'. 북소리에 검무 추고, 큰 소고 작은 소고 신이 나서 '동골동골'.

한편에선 각설이패 덤벙이며 설치는데 머리 모양 요상하다. 상투 없을 정수리는 머리털을 밀어내어 숭늉 쪽박 엎어 논 듯. 가장자리 남은 머리는 올망졸망 모아서는 개미상투 올린 듯이 이마에 딱 붙이고, 전라도 장타령을 시작하네.

　　뚤뚤 몰아 돌아왔소.
　　각설이라 먹서리라 동서리를 짊어지고,
　　뚤뚤 몰아 장타령.

흰 오얏꽃 옥과장玉果場, 노란 버들 김제장.

부창부수夫唱婦隨 화순和順장, 풍년일세 낙안樂安장.

쑥 솟았나 고산장, 철철 흘러 장수장.

삼도 모인 금산장, 일색 춘향 남원장.

십리오리 장성장, 애고애고 곡성장.

누릇누릇 황육전, 펄펄 뛰는 생선전.

울긋불긋 황화전, 파싹파싹 담배전.

얼걱덜걱 옹기전, 딸각딸각 나막신전.

한 놈은 옆에 서서 두 다리를 쭉 뻗고서 허릿짓·고갯짓. 살만 남은 헌 부채로 뒤꼭지를 탁탁 치며,

잘 한다 잘 한다,

초당 짓고 한 공부를 실수 없이 잘 한다.

세 살부터 한 공부를 기운차게 잘도 한다.

기름 되나 먹었느냐 미끈미끈 잘 나온다.

목구멍에 불을 켰나 훤하게도 잘 나온다.

뱃가죽도 두꺼운지 쉬지 않고 잘 나온다.

네가 저리 잘할 적에 네 선생은 오죽이랴.

네 선생이 나로구나. 잘 한다, 잘 한다.

목 쉴라, 목 쉴라, 대목장에 목 쉴라.

가만가만 읊어 보고 너 못하면 내가 하마.

한참 이리 덤벙일 제, 한편에서 초라니가 고사告祀를 지내려고 악기 들고 나서는데, 구슬 상모·벙거지에 잔득 조인 통장고를 턱밑까지 올려 맺네.

"꽁그락 꽁꽁."

"예, 내가 돌아왔소. 구름 같은 이 집안에 신선 같은 객客이 왔소. 옥과 같은 입에서는 구슬같이 고운 말이, 쏙쏙 나오는구나."

"꽁그락 꽁."

"예, 오너라. 예, 가노라. 우리 집 마누라가 아저씨께 전하라는 문안이 아홉이요, 평안이 아홉이라. 이구 십팔 열여덟, 그 수가 참 좋구나. 낱낱이 전하라 하옵니다."

"꽁그락 꽁."

"통영에서 옻칠을 한 두리반에 쌀을 담고, 귀 가진 저고리, 단 가진 치마, 명실 명전 가진 소반. 고사나 하여 보오."

"꽁그락 꽁."

"정월 이월에 드는 액은 삼월 삼일에 막아내고,
사월 오월에 드는 액은 유월 유두에 막아내고,
칠월 팔월에 드는 액은 구월 구일에 막아내고,
시월 동지에 드는 액은 납월 납일에 막아내고,
매월 매일에 드는 액은 초라니 장구로 막아내세."

"꽁그락 꽁."

놀보가 그것 보고,

"저런 되방정들 집구석에 두었다가 싸라기도 안 남 겠다."

돈 백 냥씩 후히 주어 얼른 쫓아 보내더라.

3-11.
다섯번째 박타령 — 무엇이 나오든지 기어이 타볼 테다

박통이 요물이고 탈수록 잡것이라. 놀보댁이 옆에 앉아 통곡을 하는구나. 일꾼들도 무색하여 놀보를 말리면서,

"그만 타소, 그만 타소. 이 박통 그만 타소. 소문났던 자네 재산 순식간에 탕진하고, 이 박통을 또 타다가 무슨 재변 또 나오면 무엇으로 막으리오. 제발 이제 그만 타소."

고집 많은 놀보 놈이 가세가 변했어도 성정은 안 풀렸구나.

"너의 말이 용렬하다. 빼던 칼 도로 꽂기 장부의 할 일인가. 무엇이 나오든지 기어이 타볼 테다."

억지 쓰며 선소리를 제가 먼저 메기더라.

"초패왕楚霸王이 위기일 땐 사흘 식량 가지고도 대승

을 거뒀으며, 한신韓信은 위급할 때 배수진背水陣 쳐 영
웅 됐네."

"어기여라 톱질이야."

"누구나 시작하나 끝맺는 이 드물구나. 끝까지 가는
길이 성인의 길이란 걸 자넨 어찌 모르는가."

"어기여라 톱질이야."

"정녕 좋은 금은보화 이 두 통에 있으리오. 아직 해가
남았으니 힘 써서 당기어라."

슬근슬근 거의 타니, 큼직한 가마 하나 틈 사이로 뵈
는구나. 전라 고흥 거금도居金島의 가시목을 베어다
가, 네모 반듯 곱게 깎고, 생가죽을 단디 감고, 쇳덩이
를 박은 것이 박통 밖에 뾰조록. 놀보 크게 기뻐하여,

"아무럼, 그렇지. 정녕 저 속에는 서시가 앉았으니 가
마째 모셔다가 안채 대청에 놓을 테다. 휘장도 칠 것
없이 그 안에서 놀아 보자."

장담하며 기다릴 제, 가마는 무슨 가마 송장 실은 상
여일세. 강남서 나오다가 박통 가에 당도하여 잠시
상여 괴어 놓을 마목馬木틀을 준비하고, 어동육서魚東
肉西 홍동백서紅東白西 제를 진설하느라고 잠시 조용하
였구나. 그러다가 불시에 나는 소리,

"이제 가면 언제 오나."

"혼령 실은 상여에는 이미 멍에 메었으니, 아득한 피

안으로 편안히 가옵소서. 예를 다해 보내오니 하늘까지 잘 가소서."

"워허너허 워허너허."

"공적 적은 기旗를 들고, 관을 닦을 포怖를 들고, 가시는 걸음마다 행자行者 곡비哭婢 곡을 하소."

"워허너허 워허너허."

"강남부터 수천 리를 행진하여 예 왔는데 안장처가 어디신고. 금강·구월·지리·향산 구름 낀 산, 맞지 않다."

"워허너허 워허너허."

"구름이 해 가리니 비가 올 기세로다. 휘장 떼고 우비 꺼라. 가다가 해 저물라, 놀보 집에 어서 가자."

그 뒤에 사람들이 제 목청껏 울며 올 제, 삯 상여꾼 여섯인데 어찌 그리 뽑았는지 하나같이 목청 좋네. 각기 다른 창법으로 울면서 곡을 할 제, 어떤 놈은 하도 울어 목이 조금 쉬었기로 목은 아예 쓰지 않고 잦은 모리·아니리로 남을 얼쑤 웃기것다.

"애고애고, 막동아. 기운 없어 못 살겠다. 놀보 집에 급히 가서 개 잡아서 잘 고아라. 애고애고, 오늘 저녁 상여자리 어데 할꼬. 놀보 안방 잘 치우고 자리를 잘 깔아라. 애고애고, 좆 꼴리어 암만해도 못 참겠다. 놀보 계집 뒷물시켜 수청으로 대령하라. 애고애고, 이

행차가 초라하여 못하겠다. 놀보 아들 행자 세우고, 놀보 딸 곡비 세워라. 애고애고 설운지고, 가난이 원수로다. 삯 한 돈에 몸 팔리어 헛울음에 목쉬었다."

요란하게 나오더니 놀보의 안방에다 상여를 내려놓고 벽력같이 외치는구나.

"주인 놀보 어디 갔나. 병풍치고 상 차리고 촛불 켜고 향 피워라. 방 더울라, 불 때지 마라. 고양이 들어갈라, 구들을 막아라."

이런 야단이 없구나. 놀보가 넋을 잃고 공순히 묻자오되,

"어떠하신 상여인지 내력이나 아사이다."

상주가 대답하되,

"첫 박 타고 행차하신 우리 댁 생원님이 너를 만나 대접받고 집으로 오신 뒤에, 네 정성이 극진하여 자식보다 낫더라고 매일 자랑하시더니 병환이 나셨구나. 노인의 병환이라 하루 내에 별세할 제, '박놀보의 앞마당이 장히 좋은 명당이라 거기에 묻어 주소. 내 말하고 찾아가면 반겨 허락할 것이다.' 유언을 하시기에 먼 길을 마다하지 않고 예까지 찾아왔다."

그러면서 소매에서 능천낭을 내놓거든. 놀보가 이것 보니 송장보다 더 밉구나. 엎디어 비는 말이,

"소인 살려 주옵소서. 이 집터가 명당이면 이리 하루

에 망하오리까. 불길한 땅이오니 상여 돌려 가옵소
서. 강남까지 가실 여비, 봉분 없을 땅 값까지 넉넉히
드릴 테니 돌아가서 안장하옵소서."
전답문서 맡기고서 돈 삼만 냥 빚을 얻어 상주에게
쥐어 주고 상여를 보냈구나.

3-12.
여섯째 통 ― 놀보 놈 잡아들여라

상여꾼을 보낸 후에 남아 있는 여섯째 통 또 타려고 다가가니 놀보댁이 옆에 앉아 통곡하며 만류한다.

"맙쇼 맙쇼 타지 맙쇼. 박씨 쓰인 글자대로 원수 갚는 박이라서 탈수록 망조로세. 간신히 모은 세간 편한 꼴도 못 누리고 잡것들께 다 뜯기니, 이럴 줄 알았다면 흥보 아재 굶을 적에 구완 아니하였을까. 만일 잡것 또 나오면 빈털터리 이 신세에 무엇으로 감당할까. 가련한 우리 부부 목숨까지 없앨 테니, 기어이 타려거든 내 허리와 함께 켜소."

박통 위에 엎어져서 경상도 메나리조로 한참을 울어 대니 놀보도 뜻을 접고,

"이내 신세 된 모양이 계집까지 죽여서는 정녕 아사할 터이니, 여보쇼 톱질꾼들 저 통 들어 내버리소."

박통을 옮기려 밧줄을 메려는데 박통 속이 요란하다.

"대포수."

"예."

"대문을 열고 종을 쳐서, 문이 열리는 것 알려라."

"예."

"뎅뎅뎅."

하더니 박통이 딱 벌어지며 행군 호령 하는 것이 『병학지남』兵學指南 교본대로 똑부러지게 하것다.

"행군을 나섰다가 전면을 가로막는 울창한 숲 나타나면 청기를 올려들고, 습지를 만나거든 검은 깃발 올려들라. 적군 병마 발견되면 백기를 올려들고, 지형이 험난하면 황기를 올려들라. 연기나 불을 보면 홍기를 올려들고, 그것들이 사라지면 깃발을 얼른 말라. 한 줄 통행 가능할 땐 일번 기로 신호하고, 두 줄 통행 가능할 때는 이번 기로 알리어라. 세 줄 행군 가능하면 삼번 기로 신호하고, 넉 줄 행군 가능하면 사번 기를 올리어라. 대영을 갖출 때는 오번 기로 신호하되, 대오가 길 때에는 구령으로 전하여라. 행군하는 모든 길에 신호하는 기를 보면, 누구나 소리 내어 주변에 알리어라. 대포가 필요하다 중군에서 알려 오면 급히 준비 호령하라."

"예."

"징을 쳐서 신호하고, 나팔 불며 행군하라."

"예."

"쨍 둥 꽹, 나니나노."

천병만마 물 끓듯이 나오는데, 그 가운데 나오는 장수, 신장은 팔 척이요, 얼굴은 먹빛 같고, 표범 머리 고래 눈과, 제비 턱 범의 수염, 형세는 달리는 말. 황금 투구, 사슬 갑옷, 심오마深烏馬를 높이 타고, 장팔사모丈八蛇矛 비껴들고, 벼락같은 목소리로,

"이놈 놀보야."

박 타던 삯꾼들, 이 소리에 깜짝 놀라, 창자 터져 죽은 놈이 여러 명이 되는구나. 놀보놈은 정신 잃고 박통가에 기절했네.

저 장수 거동 보소. 안채 앞에 말을 내려, 구령대로 알았는지 안채 대청 올라서서, 삼면에 장막치고 방위 따라 오색기를 청동백서靑東白西 세워 놓고, 장졸들을 사열하네. 징 울리고 취타 불고 제 일을 시작할 제 대청에서 나는 호령,

"놀보 놈 잡아들여라."

3-13.
도원결의 장비 덕에 놀보도 감화하는구나

비호같은 군사들이 놀보의 고추상투 덤뻑 끌어 대령하니 대장이 분부하되,

"네 죄를 헤아리면 만 번 죽어도 모자라나, 조용히 분부하니 자세히 들어보라. 한나라가 말세 되어 천하가 분분할 제, 유비·관우·장비 셋이 도원桃園에서 결의하고, 한漢 왕실을 세우고자 천하를 누비었다. 그 셋 중에 말째 되고, 범과 같은 다섯 장군 그 중에선 둘째 되는 익덕益德을 아느냐. 고향은 탁군涿郡이요, 성은 장張이요, 이름은 비飛라. 그의 용맹 들었느냐? 내가 그 장비니라.

천지에 중한 의가 형제밖에 또 있느냐. 한날 한시 못 났어도, 한날 한시 죽는 것이 당연한 도리인데, 네놈은 어이하여 동기 박대 그리하나.

하늘 나는 동물 중에 해 없는 게 제비이며, 내가 근본 생긴 모양 제비턱을 가졌기에 제비를 아끼는데 제비 말을 들어 본즉 생다리를 꺾었다니, 그리도 몹쓸 놈이 세상에 어디 있나.

네가 호색하는 줄은 내가 이미 알고 있다. 네 동생은 양귀비를 첩 삼았다 하거니와, 너는 나를 만났으니, 아나 옜다. 내 비역이나 하여라."

놀보 놈이 겁을 내어,

"거, 웬일이오?"

장비 눈을 부릅뜨며 놀보를 앞에 엎더 놓고,

"이놈 잘 먹여 가며, 한 보름만 하여 보자."

놀보가 기가 막혀 정신이 나가서는 죽은 듯이 엎뎠는데, 홍보가 이 내막을 소문으로 들었는가 천방지축 건너와서 장군 전에 비는구나.

"비나이다, 비나이다. 장군님 전에 비나이다. 우리 형님 지은 죄를 아우 제가 받으려니, 형님 부디 살려 주오. 만일 형님 죽으시면 동생 혼자 어찌 사오. 우리 형님 살려 주면, 이 내 몸은 혼이라도 형님 곁에 돌아가서 만세를 누리리라. 높고 높은 장군님 은혜, 우리 형님 살려 주오. 비나이다, 비나이다. 장군님 전에 비나이다."

장군이 감동하여,

"내가 가진 성질대로 너를 처벌하자 하면 묻지도 아니하고 팔척 창을 쑥 빼내서 푹 찌르고 갈 것인데, 네가 죽고 없어지면 개과천선 할 수 없고, 형제 우애하자 한들 어쩔 수가 없겠기에, 네 목숨 살려두니 이번엔 맘을 돌려 형제 우애하겠는가."

놀보가 엎어져 생각하니 불의로 모은 재물 허망하게 다 나가고 장장군의 그 성정이 보기에도 무서운데 저같은 천한 목숨 파리만도 못하구나. 악한 놈은 어진 마음 무서워야 생기는지 엎드려 사죄하며 울면서 비는구나.

"장군 분부 듣사오니, 소인의 전후 죄상 금수만도 못하오나 살려만 주신다면 군자의 본을 받아 형제간에 우애하고, 이웃 간에 화목하여 사람 노릇 하올 테니 제발 부디 살려 주오."

장군이 분부하되,

"네 말이 그러하니, 알기 쉬운 수가 있다. 남원이나 고금도古今島나 관운장을 모신 곳에 내가 종종 찾아가서 네 소문을 탐지하여 개과하면 재물 주고 아니하면 죽일 테니 이 군사나 잘 먹여라. 이제 곧 떠나겠다."

놀보가 감화하여 양식대로 밥을 하고, 소와 닭과 개를 잡아 군사를 먹이면서 좋은 술은 계속 따라 장군 전에 올리는데 놀보댁이 말리면서,

"애겨, 그만합쇼. 그 장군님 술 취하면 아무 죄 없는 놈도 매질을 하신다네."

놀보가 웃으면서,

"자네가 어찌 알아. 그 장군님 장한 의기義氣 옳은 일은 마다 않고, 불의를 보실 적엔 엄히 다스리신다네."

장군이 회군하고 가산을 돌아보니 한 번을 패하고서 다시 서지 못할 듯이 완전히 망했구나.

큰소리로 통곡하고 흥보집을 찾아가니 흥보가 크게 놀라 극진히 위로하고, 제 세간을 반분하여 형에게 나눠 주고 형제 우애하게 되니 누가 아니 칭찬하리.

도원에 남은 의기 하늘 아래 돌고 돌아 어리석음 변치 않던 놀보조차 감화하니, 탐욕스런 이는 청렴하게 되고 나약한 이는 뜻을 세우게 된다는 백이伯夷의 풍모가 이와 같은가 하노라.